KB060893

미지의 세계를 좋아합니다

미지의 세계를 좋아합니다

거침없이 떠난
자연 여행

이은지 지음

자음과모음

카메라에 담아둔 여행의 기억들

정말 꿈에 그리던 사진을 직접 찍은 날이었다. 야경 사진을 찍겠다며 그 자리에 주저앉아 양반다리에 카메라를 받치고 조리개를 조절했다. 삼각대 없는 야경 사진이 잘 나올 리가 없었지만, 나는 숨까지 참아가며 카메라를 조작하고 있었다. DSLR의 기본적인 사용법과 용어들도 몰랐을 당시지만, 여러 차례 시도 끝에 무수한 별들을 담을 수 있었다.

내가 사는 세계와는 너무나 다른, 머나먼 미지의 세계 같은 신비로운 모습이었다. 내 눈에 들어온 별들을 몇억 만 화소의 퀄리티 그대로 카메라에 담을 순 없었다. 하지만 나는 잊고 싶지 않은 그 순간, 까만 하늘에 흩뿌려진 별들의 모습을 간결한 몇 장의 사진으로나마 성공적으로 담아내었다는 사실에 너무나도 행복했다. 카메라를 다리 위에 올리고 찍어서 뷰파인더로 미리 볼 수 없었다. 그래서 아쉬움이 많이 남는 사진이지만, 그럼에도 잊을 수 없는 순간과 장면을 내 힘으로 처음 카메라에 담았던 짜릿한 감정은 결코 작은 감동이 아니었다. 내가 느낀 아름다운 전율의 순간을, 작은 파일 하나로 오랫동안 간직할 수 있다는 사실이 좋았다.

나의 첫 은하수 사진은 검은색 바탕에 흰색 점 몇 개가 다였다. 조리개 조절만으로는 별들을 제대로 담아낼 수 없었던 터라 조금의 수정이 필요했다. 밝기를 조금 높이고, 선명도를 높이니 어둠 속에 숨어 있던 은하수의 모습이 완벽하게 드러났다. 별을 찍었던 그날 이후, 나는 카메라를 조작하는 법과 프로그램을 이용한 사진 편집에 무척이나 관심을 가지게 되었다. 내가 눈에 담았던 그 풍경을 그 시간, 그 모습 그대로 사진으로 남기고 그 사진을 직접 편집하기 위함이었다. 내가 느낀 이미지대로 편집하니, 아름다운 자연의 모습을 나만의 색깔로 더 다양하게 표현할 수 있었다.

나는 사진 찍기의 이러한 점이 굉장히 좋다. 똑같은 풍경을 찍더라도, 찍는 사람이 풍경 어디에 중심을 놓고 각도를 잡는가에 따라 전혀 다른 사진을 연출할 수 있다. 또한 동일한 사진이라도 편집자마다 사진의 대표 색감을 잡아내는 포인트가 달라서 그 사진을 꾸미는 '화장법'은 완전히 다를 수밖에 없다. 화장법의 차이는 각자의 다양한 경험, 사진에 찍힌 장면을 바라보는 관점, 그리고 서로 다른 취향에서 온다고 생각한다.

수많은 여정을 내가 느낀 모습으로 생생하게 표현할 수 있다는 점에서 나는 사진 편집 작업에 푹 빠질 수밖에 없었다. 아마추어

실력이지만 누가 뭐래도 꿋꿋하게 나의 여행을 사진으로 기록하고 있다.

나는 유독 화소가 높은 카메라로 담는 고화질 사진에 집착한다. 휴대전화의 편리함은 200퍼센트 인정하지만, 피사체의 원근감이나 생동감을 담기 위해서 나는 휴대전화보다 카메라를 더 많이 사용하고 있다. 카메라로 찍은 사진을 고집하는 이유는 입체감이 더 강한 아마추어 사진 느낌이 좋아서다. 그 느낌은 내가 여행지에서 찍어 온 많은 사진에 담겨 있다.

내 사진보다 더 많이 찍어온 자연의 사진들. 무심코 지나가다가 갑자기 멈추어 담은, 그곳의 느낌을 가장 잘 나타내는 사진들. 이러한 사진들은 그곳을 지나던 그 순간을 기억하는 나만의 기억법이다.

내 머릿속이 또 다른 기억들로 채워지며 이전 여행의 잔상이 점점 희미해져 갈 때쯤, 지난 사진을 들여다봤다. 그때의 벅찬 마음과 믿기 힘들었던 자연의 모습이 되살아나며 내 눈에, 마음의 도화지에 담았던 한 폭의 수채화가 다시 그려졌다. 내가 스스로 나를 자연여행가라 주장하는 이유가 여기에 있다. 내가 본 자연의 모습을 기록해두는 일이, '기억의 화가'가 되어보는 일이 좋아서.

내가 가진 생각들로 책을 쓰는 일은 아직도 참 감사하다. 글이 마무리되어가는 지금 책에 담고 싶었던 내용의 윤곽이 간신히 잡히는 듯하다. '어떤 단어들이 내 안에 있을까?', '내가 어떠한 감정과 이야기를 전하고 싶은 걸까?' 하는 궁금증이 지금 프롤로그를 쓰는 와중에도 늘어가고 있다.

조금 늦었다고 생각하는 만큼 더 많은 것을 경험해보고 싶은 마음에, 이리저리 쫓아다니느라 너무 바쁘기만 한 일상을 보내고 있다. 그렇지만 그 어느 때보다 마음에 여유가 가득하다. 내가 지금 느끼는 마음의 평안과 여유가 책을 보는 모든 독자분께 소소하게나마 전달되었으면 하는 바람이다. 이 책은 '어떤 여행을 했다'라고 소개하는 '여행기' 또는 '도전기'라기보다 험난한 여행을 하며 느꼈던 사소한 생각과 감정을 꺼내본 잔잔한 책이다. '자연여행가'라는 나만의 별칭으로 활동하며 겪은 여정을 시간순으로 나열했다. 스스로 참 평범하다고 이야기하지만, 썩 평범한 것 같지는 않은 현실주의자의 경험담이니, 공감되는 내용이 있다면 그저 마음 다해 함께 공감해주시면 참 좋겠다.

— 자연여행가
이은지

차례

1장. 자연으로 향하는 여행

03 산티아고
끝이 보이지 않는 고행의 길을 걸으며

04 미국
희로애락의 7,000km 자전거 횡단

2장. 일상으로 향하는 여정

1장

자연으로 향하는 여행

01 몽골 · 내 삶에 없던 무계획 여행의 시작

몽골
(7일)

- 인천공항
- 칭기즈칸 공항
- 울란바토르
- 테렐지 국립공원
- 바가가즈린촐로
- 바양작
- 욜린암
- 고비사막
- 차강소브라가
- 울란바토르
- 귀국

‘오지 탐험’ 첫 여행의 동행 찾기

노지 캠핑이라는 취미에 발을 들였을 뿐인데 미지의 나라 몽골로 여행까지 준비하게 되다니. 생애 첫 해외여행을 오지로 떠나게 되었다. 한편으론 이러한 선택을 하게 되었던 것은 운명이 아니었을까? 하며 몽골로 출발하기도 전에 드넓은 초원 속 나만의 아지트를 꿈꾸었다. 그렇게 상상의 나래를 펼치며 나만의 여행을 계획했다.

우연히 SNS 지인을 통해 한국에서 오래 살았던 몽골인 가이드 ‘보람’을 소개받았다. 보람이는 원하는 여행 경로를 전부 맞춰 주겠다 이야기하며 나의 첫 여행에 힘을 실어 주었다. 추가로 필요한 준비물이나 잘 몰랐던 정보는 ‘러브 몽골’이라는 카페를 통해 직접 발품을 팔면서 마련했다. 마지막으로 가장 중요한 동행을 구할 때는 카페에 글을 올려 ‘괴짜’ 여행을 함께 할, 생판 본 적 없는 사람을 모집하게 되었다.

몽골은 워낙 대지가 넓고 현지인이 아니면 운전이 힘들어서 패키지 여행으로 가는 경우가 많다. 패키지 여행이 아니어도 게르(유목민 가옥)에서 묵는 것은 거의 필수 옵션이라서, 다양한 형태의 여행을 할 선택지가 많지 않다. 나는 미래의 예비 동행분들께 패키지 여행이 아닌 자유 여행으로, 캐리어가 아닌 배낭을 메고 가자고 했을 뿐만 아니라, 게르가 아닌 텐트에서 직접 밥을 해 먹자고 제안했다. 말 그대로 '개고생'일지도 모를 여행을 무슨 자신감이었는지 턱도 없이 어필한 것이다. 하지만 당시에 내가 올린 동행 모집 글이 얼마나 파격적이었고, 인기가 있었냐면 글을 올리고 나서 휴대전화가 불통이 났었다.

당돌하게 글을 올렸지만, 사실은 잘 모르는 사람과 떠나는 여행이 조금은 무섭고, 의심스러웠기 때문에 연락 온 분들과 약간의 대화가 필요하다고 느꼈다. 연락 준 모든 사람의 신상을 물으며 이야기를 나눠 볼 수 없었기에, 나는 실례가 되지 않는 선에서 '이은지 여행'에 지원한 분들의 여행 사진을 받아 보았다. 여행지에서 찍은 사진 속 표정을 보면 그 사람이 그곳에서 어떤 여행을 했는지 알아볼 수 있을 것 같았다.

가장 먼저 지원한 분은 우리 동행 중에 가장 연장자인 B 언니였다. 처음 언니와 이야기 나눌 때, 언니는 지금까지 많은 것이 부족했던 열악한 여행을 다녔다고 했고, 몽골에서 캠핑을 한번 해보는 것도 좋겠다고 생각해 내게 연락했다고 말해 주었다. 나는 꽤 조용한 성향인 듯한 언니의, 여행을 바라보는 순수한 생각이 참 좋았다. 고생길이 뻔히 보이는 여행이지만 느낌이 좋다며 손 내밀어준 언니에게 반해 바로 함께 가자고 했다.

그렇게 가장 처음으로 함께 하게 된 B 언니와 다른 여러 분을 만나 면접 아닌 면접을 보았다. 내가 받아본 사진 속 웃고 있는 그분들의 모습은, 내가 지금껏 살아온 인생의 모습과는 전혀 다른 모습인 것만 같았다. 특별한 여행지에서 진정한 자유와 여유로움을 즐기는 모습이 본인이 원하는 진정한 행복이 무엇인지 인지하고 그것을 삶의 최고의 가치로 여기는 그분들의 삶의 방식처럼 느껴졌다.

그것은 나에게 신선한 충격으로 다가왔다. 나는 늘 지독한 스트레스에 시달리고, 이 몸 하나 없어질 듯 바쁜 일상을 살면서 열심히 살아남는 것이 가치 있는 인생이라고 생각했다. 긴장의 끈을 꽉 붙잡고 살던 나는 자유로워 보이는 그분들의 사진을 보며 이번 여행을 통해 나의 좁은 가치관이 달라질 수 있겠다는 예감이 들었다.

한 나라씩 도장 깨기 세계 여행 중인 직업군인 S, 해외 파견이 잦은 평범하지만은 않은 회사원 Y, 그리고 세계의 많은 오지를 다녀온 B 언니. 각자의 특징이 달랐던 나와 3명의 동행, 그리고 우리 중 가장 어린 가이드 보람이와 운전을 담당한 시크한 재간둥이 나다까지. 이렇게 총 6명의 멤버가 6박 7일의 여정을 함께 만들기로 했다. 지원한 분들의 사진을 쭉 훑어보았다. 사진 속 그들의 행복은 어떤 모양이며, 그들이 추구하는 가치가 과연 어떤 곳에 있을지, 그들에게 행복의 의미는 무엇일지 생각해보았다.

스스로 여행을 준비하면서 나는 생각보다 오랜 시간 미지로의 여행을 꿈꾸고, 다양한 세상을 궁금해하고 있었구나 싶었다. 하지만 어째서 그동안 주변에 놓인 소소한 행복을 일부러 못 본 체하고, 지독한 스트레스에 절어 살았을까? 왜 일에만 치인 채 행복을 멀리 했던 걸까? 나는 얼마나 크고 대단한 행복을 좇고 있었던 것일까? 돌이켜 생각해 보면 그때 당시의 나는 내가 잘 알지 못하는 곳에 대한 막연한 두려움이 있었다. 내게 여행과 같은 일시적인 경험에서 행복을 갖는다는 것은 늘 아쉬움에 불안하기만 했다. 크게 성에 차지 않을 것이라고만 생각했었다. 하지만 이제는 조금 다른 방식의 행복을 찾으러 몽골로 출발했다.

칭기즈칸의 나라,
몽골을 향해

캠핑 여행을 한다고 해서 여행의 준비 과정이 대단히 어렵지는 않았다. 그저 조금은 불편한 배낭을 메고, 편안한 숙소에서 자는 대신에 본인의 집을 직접 세팅할 준비만 하면 됐다. 다만 내가 동행들에게 조금 미안했던 부분은 원래 캠핑 장비가 없던 분들에게, 개인 장비를 갖추어야 한다고 말을 전하는 일이었다. 장비조차 없으면서 그저 재밌을 것 같다며 따라가겠다고 지원한 그분들의 머릿속이 궁금하기도 했다. 여행 준비를 위해 먼저 생각해야만 했던 부분은, 처음 캠핑을 접하는 동행들에게 너무 비싸지 않으면서 초보자가 사용하기에도 적합하고, 다루기 쉬운 장비를 장만하는 데 도움을 주는 것이었다.

나 "개인 캠핑 장비를 구비해야 할 것 같은데, 혹시 다들 가지고 계실까요?"

S "저는 사용하고 있는 장비가 많아서 기어 필요하신 분 있으면 제가 더 챙겨 갈게요!"

B "캠핑 잘할 수 있을지 걱정이에요…. 어떻게 하다가 보니 이런 여행을 가게 되었네요. 저는 쓰던 용품이 조금 있으니, 필요한 것 몇몇만 더 사면 될 거 같아요."

Y "저는 캠핑을 해본 적이 없어 장비가 하나도 없긴 하지만, 함께 가고 싶으니까 구매하죠 뭐! 하하."

이제 막 캠핑을 시작했던 나 역시 여러 가지 캠핑기어에 대한 지식이 짧았던 터라 좋은 선택지를 추천해주기가 참 난감했는데, 마침 S가 세계의 오지 캠핑에 아주 능통한 분이었다. 그는 우리에게 가장 기본적인 기어인 텐트와 침낭, 매트를 가장 먼저 구매할 것을 추천해주었고, 모두 그 덕에 가성비 좋은 제품을 구매할 수 있었다. 추가로 있으면 좋은 장비는 원래 갖고 있는 사람이 더 가지고 오기로 하며 우리는 짐 배분을 마쳤다.

우리는 다 함께 인천국제공항에서 만나기로 했다. 그다지 길지 않은 여행 일정이지만, 대면식 한 번 없이 공항에서 첫 만남을 이루게 된 것이다. 일면식도 없는 사람들이지만 한 달 남짓 캠핑 장비 등의 정보를 공유하고, 여행을 준비하며 연락을 주고받았던 터라 우리는 마치 원래 알던 사이마냥 어색함 없이 조우했다. 어떻게 그렇게 마음에 여유가 가득하고 편할 수가 있었던지, 서로 챙겨온 준비물을 함께 확인하고 짐을 부쳤다. 몽골리안 에어라인의 체크인 라인 어디를 둘러보아도 죄다 캐리어뿐이었는데, 우리 카트만 배낭이 한가득이라 왠지 모르게 뿌듯했다. 연령대가 조금 높은 언니, 오빠는 각자의 짐을 확인하며 어쩌다가 이 나이에 캠핑이라는, 이런 고생스러운 여행을 따라나서게 된 것인지 기분이 묘하다고 했다.

인천에서 3시간 반 정도면 몽골 국제공항인 칭기즈칸 공항에 도착한다. 보람이는 공항으로 우리를 데리러 나오기로 했다. 문자로만 연락했던 보람이와의 첫 만남 역시 기대되기는 마찬가지. 공항에 내리자마자 시커먼 무리의 사람들의 시선이 일제히 우리에게 향했다. 몽골인들은 한국인과 구별이 힘들 정도로 흡사한 외형이었는데, 우람한 풍채가 마치 러시아인 같았고, 쌍꺼풀 없는 얼굴은 꼭 고려인 같았다. 사실은 첫인상이 조금 험상궂어서 무서웠다. 영어를 쓰지 않는 나라로의 여행이 처음이라 죄다 꼬부랑글자만 보이는 공항에서 적잖이 긴장한 나는 서둘러서 보람이를 찾았다. 다행히 저 멀리서 환하게 웃으며 우리에게 다가오는 보람이를 한눈에 알아볼 수 있었다.

"은지야! 드디어 몽골로 왔구나! 누나, 형 모두 반가워요!"

덩치가 곰만 해서 험상궂어 보이는 외형과는 다르게 보람이는 순박하고 귀여운 미소를 가졌다. 알고 보니 우리 중에 나이도 가장 어렸다. 보람이는 우리 짐을 차에 다 실은 다음 예약해둔 숙소로

데려다주겠다고 했다. 그렇게 우리는 공항에서 나와 몽골의 모습을 처음 마주하게 되었다. 차를 타고 숙소로 가는 길에 본 몽골의 하늘은 확실히 한국의 하늘과는 어딘가 달랐다. 글로 다 표현할 수는 없지만, 몽골은 평원이 위치한 지대 자체가 높아서 하늘과 땅이 아주 가까이에 맞닿아 있는 것 같다. 그래서인지 내 머리 위 구름에 손을 뻗으면 아슬아슬하게 닿을 것만 같았다. 그렇게 우리는 첫 몽골을 느꼈다.

게르 위의 반짝이는 은하수를 꿈꾸며 구토하던 날

몽골 캠핑 3일째, 조금 일찍 채비하여 가장 고대하던 고비사막으로 향했다. 울란바토르의 숙소에서 출발하여 못 씻은 지 3일째 되는 날이었지만, 머리를 감는 것은 물론이거니와 샤워도 어림없다. 그렇지만 몽골의 메마른 날씨 덕분에 사실 크게 불편함을 느낄 정도의 더러움(?)은 없었다. 그나마 저렴한 생수를 잔뜩 구비해두고 그마저 아껴가며 고양이 세수를 하고, 양치를 했다.

흙먼지에 개의치 않고 차창을 열었다. 먼발치의 하늘을 보며 구름을 헤아려 보았다. 덜컹거리는 길을 얼마나 왔는지, 한참 언덕배기를 따라 올라갔다. 완만한 경사의 언덕은 알아채지 못할 만큼 차츰차츰 높아졌고 우리는 끝내 언덕의 가장 높은 꼭대기에서 멈추었다. 나는 창문틀 뒤로 살짝 보이는 광경에 마음이 들뜬 나머지, 성급하게 차에서 내리다가 자동차 천장에 머리를 아주 세게 부딪히고 말았다.

'아뿔싸, 이렇게 푸른 하늘에 별똥별이라니….' 잠깐 하늘이 핑핑 도는 것 같았다. 그러다 어지러운 머리를 부여잡고 고개를 드는 순간, 언덕을 올라오며 달릴 때는 보이지 않았던 믿을 수 없을 만큼 끝없는 평원이 눈앞에 펼쳐졌다. 절로 탄성이 나왔다. 하늘은 푸르름을 뽐내며 내 시야의 반 이상을 차지해, 180도의 지평선이 마치 270도로 둥글게 휘어져 나를 한가득 감싸 안는 것 같았다. 새삼 이 지구의 모습이 정말로 둥글다는 걸 느꼈다. 처음 그곳에서 하늘과 평원을 마주하고 울컥했던 그 순간을 잊지 못한다. 내가 느꼈던 그 감정을 어떻게 하면 비슷하게나마 전달할 수 있을까? 이렇게 감탄사를 달고 다니는 완벽한 여행이 다시 있을 수 있을까?

온 세상이 내 것인 강아지처럼 폴짝폴짝 뛰어다니면서 계속해서 셔터를 눌러댔다. 그리고 세상에서 가장 넓은 하늘과 땅이라는 도화지 위에 오롯이 내가 느낀 감정으로 나만의 그림을 그렸다. 내가 경험하지 못한 무수히 많은 곳에 얼마나 새롭고 다양한 것이 존재할까 하는 생각에, 가슴 깊숙한 곳으로부터 알 수 없는 마음이 북받쳐 올랐다.

고비사막에서 오늘 묵을 숙소까지. 낯선 길을 따라 계속 달렸다. 딱히 어디라고 정해 둔 것은 아니었지만, 늘 열려 있는 평원의 한 켠이 곧 우리의 숙소라는 생각에 마음은 조급하지 않았다. 저 멀리 하루의 끝을 알리며 석양이 지고 있었다. 아름다운 풍경을 보는 것도 잠시, 밤낮의 기온 차가 심한 사막 근처로 와서 그런지 몸이 으슬으슬했다. 밤이 되자 내 컨디션은 나빠졌고, 그 탓에 우리는 처음으로 게르에서 자기로 했다. 나 때문에 안 그래도 짧은 일정이 더 지체되지는 않을까 싶어서 너무도 미안했다. 방금 전까지 민소매를 입고 건조한 사막에서 뛰어놀고 있었는데, 어느새 두꺼운 스웨터를 꺼내 입고 있었다.

어딘가 허술해 보이는 게르의 내부는 생각보다 아늑하고 따뜻했다. 옛날 융 카펫 같은 질감의 천으로 게르의 벽을 감싸 놓은 것이 보온의 역할을 하는 것 같았다. 난로에 불을 데우고 짐을 풀고 나니 어김없이 그날 하루의 긴장이 풀린 탓에 허기가 졌지만, 한가득 고기반찬뿐이었던 점심이 아직 소화가 덜 되었는지 속이 조금 매스껍고 불편했다. 결국 저녁으로 다 함께 끓인 맛있는 김치찌개도 몇 숟갈 뜨지 못했다.

다 같이 식사를 끝내고 안락한 게르 안의 온기에 둘러싸여 밤새도록 기타를 치고 노래를 부르며 놀았다. 한참을 그렇게 이야기 나누며 시간 가는 줄 모르고 놀았지만, 나의 컨디션은 더 나빠져 갔다. 안색이 좋지 않은 나를 위해 일행들은 계속해서 몸을 주물러 주었다. 온몸이 뜨거운 느낌이라 시원한 밤공기를 맡고 싶어 잠깐 밖으로 나왔다. 어느새 영하로 떨어진 사막의 저녁, 게르의 따뜻한 온기가 굴뚝으로 아스라이 나오는 것을 지긋이 바라보며 찹찹한 땅에 자리를 펴고 어지러운 머리를 잠깐 뉘었다. 대자로 뻗어 머리

맡 위 하늘을 보니 이미 석양은 간 데 없었다. 칠흑 같은 어둠 속 커다란 보름달만이 이 세상을 내려다보고 있었다. 가로등 하나 없는 사막에 빛이라고는 우리 숙소에서 새어 나오는 필라멘트 백열전구의 노란 불이 전부였다. 그렇지만 손 닿을 듯 반짝이는 달빛만으로도 서로의 얼굴을 환히 바라볼 수 있었다. 무수한 별이 게르 위로 떨어지는 것을 보려고 이곳까지 왔는데, 보름달이 너무 밝은 시기인지라 별이 잘 보이지 않아 아쉬움을 감출 수가 없었다. 시간이 지날수록 더욱 싸늘한 공기가 온몸을 감싸기 시작했고, 나는 금세 이불 속으로 들어가 그대로 침대에 누워 끙끙 앓다가 겨우 잠이 들었다.

새벽 4시~5시 무렵 극심한 두통으로 힘겹게 눈을 떴다. 갑자기 목구멍으로 무엇인가가 뜨겁게 차오르는 끔찍한 느낌에 그대로 이불을 박차고 뛰쳐나갔다. 하늘과 땅 말고는 아무것도 보이지 않는 드넓은 고비사막의 허허벌판에서 목까지 차오른 아픔이 아래로, 위로 전부 쏟아져 나왔다. 몸 어디엔가 이상이 생겼음을 직감했다. 눈물과 콧물이 흘렀다. 서러운 마음도 북받쳐 올라 나는 결국 자리에 주저앉아 펑펑 울었다. 여기까지 와서 아픈 자신이 바보 같고 원망스러웠다. 사막 한가운데에서 알 수 없는 아픔에 죽어가는 모습이라니. 한참 동안을 모랫바닥에 엎드려 메슥거리는 속을 잠재우려고 애썼다. 그러다가 무심코 고개를 들어 본, 하늘에서 쏟아지던 아름다운 별빛 은하수를 평생 어찌 잊을 수 있을까.

별과 바람과 사막, 그리고 나의 숙소 게르.
이 모습은 바로 내가 그토록 기다리고
갈망하던 진정한 몽골의 모습이었다.
오로지 내 눈 속에만
담아 올 수 있었던 그 모습!

세상의 모든 것이 잠든 고요한 사막에, 홀로 깜깜한 하늘을 가득 메우던 달빛이 기세가 꺾여 서서히 물러가는 새벽 5시경. 잠시 동안 지나가는 나그네 구름 뒤로 찰나의 순간 반대편 하늘에 펼쳐진 수많은 별들. 신발도 신지 못하고 뛰쳐나간 것은 간절했던 나의 마음이 만들어 준 신의 부름이었을까? 별과 바람과 사막, 그리고 나의 숙소 게르. 이 모습은 바로 내가 그토록 기다리고 갈망하던 진정한 몽골의 모습이었다. 오로지 내 눈 속에만 담아올 수 있었던 그 모습!

바라던 별을 보았지만, 여전히 몸 상태는 좋지 않았다. 밤새도록 아픔에 뒤척이다가 느지막이 잠을 깼다. 얼굴은 좀비 마냥 검게 질려 있었다. 아직도 속이 메스꺼워 침대에서 일어나질 못했다. 아침부터 몇 시간째 머리를 마사지해 주던 나다가 말하기를, 어제 차에서 내리면서 머리를 세게 부딪히지 않았냐며, 그때의 충격으로 미미하지만 뇌진탕 증세가 온 것 같다고 했다. 나 때문에 일행들이 모든 일정을 멈추고 꼬박 하루를 쉬어 가야만 했다. 여행 중이니 하루하루 시간 가는 것이 아쉬웠을 텐데, 단 한 사람도 불평하지 않고 다들 나의 컨디션을 먼저 배려해 주었다. 조심하지 않는 바람에 여행 일정을 지연시켜 미안하기만 했는데 동행들은 지연된 그 시간까지도 즐거운 생각을 하며 또 다른 하루치 추억을 채워나가고 있었다. 그런 그들과 나의 태도 차이는 극명했다.

매사 성격이 급하고 '빨리빨리'를 달고 사는 나는, 언제 어디서

든 내가 예상치 못한 상황을 마주하면 항상 어딘가 불안하거나 조급한 마음이 들었다. 미리 생각하고 정해둔 계획이 틀어지는 것을 누구보다 꺼렸다. 하지만 이번 뇌진탕 사고(?)를 계기로, 이 삶과 이 세상에는 내가 조절할 수 있는 사건 사고보다 그렇지 못한 것이 훨씬 더 많음을 다시 한번 깨달았다. 그리고 그런 순간순간이 예기치 못하게 들이닥쳤을 때, 여유롭고 편안한 시선으로 바라보며 대처해낼 수 있는 마음가짐이 얼마나 중요한지 깨닫게 되었다. 이미 일어난 일에 대해서는 빨리 털어버리는 게 정신 건강에 좋은 것이라는 것도. 참, 마지막으로 서서히 체력의 한계치가 오는 내 몸을 좀 사려가며 살아야 하는 것도!

마른 소똥 모닥불이 타들어 가는 밤

몽골은 상상 이상으로 대지가 정말 드넓다. 여행 대부분은 하나의 특별한 자연을 보기 위해 때가 되면 끼니를 챙겨 먹으며 온종일 차를 타고 이동하면서 보냈다. 드라이빙 컨디션이 좋지 못한 비포장도로를 하염없이 달리는 일에 지칠 법도 했지만 들판을 거니는 동물들을 만나고, 매번 같은 하늘의 다른 구름을 보며 감탄하는 일은 영 지루하지 않았다. 매일 한국에서도 똑같이 보던 그 흔한 하늘이 어떤 구름이 지나가는지에 따라 전혀 다르게 보였다. 그 모습이 아직도 뇌리에 생생하다.

지는 해를 왼쪽으로 두고 얼마나 달렸을까? 한참을 정처 없이 달리던 차가 멈추고, 드디어 우리가 오늘 집을 세울 눈부신 황금들판을 찾았다. 낮은 구름이 포근하게 덮어주고, 따사로운 햇빛이 안락하게 비추는 우리의 황금색 아지트! 말갛게 지는 붉은 노을은

몽글몽글 올라오는 맛있는 음식 냄새와 어우러져 더욱 포근한 분위기를 만들어 주었다. 밤이 다가올수록 기온은 점점 떨어지기 때문에 더 추워지기 전에 오늘 밤도 어김없이 패딩을 껴입고 소똥을 수집하기로 했다. 매일 밤, 우리는 텐트를 듬직하게 세운 뒤에 잘 마른 소똥을 주워다가 모닥불을 피웠다. 연기가 자욱하게 나는가 싶더니, 어느새 장작 타는 냄새가 나면서 불이 잘 붙었다. 초원에서 밥을 잘(?) 먹은 소가 볼일을 본, 짚이 잘 섞이고 바짝 잘 마른 소똥이었나 보다. 소똥 장작은 그 끔찍한 생김새와는 다르게 구수한 향기가 났다. 딱히 불꽃이 오래가지는 않는 탓에 우리는 장작을 더 넣어 더 크고 오래가는 모닥불을 피워놓고 빙 둘러앉았다.

함께 여행했던 우리 일행은 나름 나이가 비슷했다. 그런 우리가 가이드와 함께 깔깔 웃어대며 친한 친구처럼 여행하는 모습이 자유롭고 행복해 보였는지, 다른 한국인 여행자 그룹을 이끄는 몽골인 가이드들이 여러 가지 한국 음식을 뇌물처럼 싸 들고 우리가 묵는 텐트 근처로 놀러 왔다. 그들은 정작 우리보다 편안한 게르 숙소에서 지내고 있으면서 말이다. 점심때 남은 고기반찬과 동그랑땡, 두루치기, 참치 에그 스크램블, 그리고 김치. 아무것도 없는 초원 위에서의 저녁 만찬은 우리에겐 성대하고 행복한 시간이었다. 천천히 식사를 마치면 다 함께 둘러앉아 도란도란 이야기를 나누었다. 물론 빠지지 않았던 맥주와 보드카와 함께! 몽골은 추운 날씨를 견디기 위해 마시는 도수 높은 술이 유명하다. 그 맛에 지독

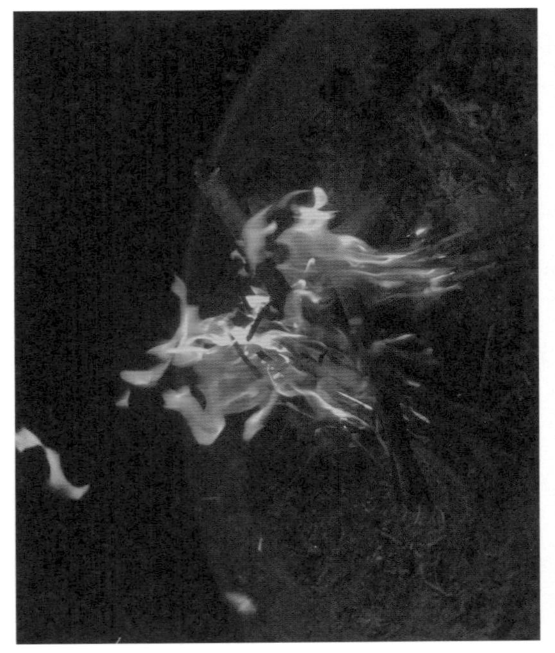

하게 빠져버린 우리는 매일 밤을 보드카와 동침했는데, 하염없이 우리를 비춰주는 은은한 달빛을 술잔에 빠뜨려 함께 즐겼다. 밤이 깊어 갈수록 더욱 강렬해지는 보드카를 마시며 은색 달빛으로 기분 좋게 취해 갔고, 밤새도록 웃음이 끊이지 않았다.

우리는 자연 속에서 동화되어 어느 것 하나 부러울 게 없는 천상의 파티를 했다. '여행이니까 좋아야만 한다' 같은 의무감 섞인 기분이 아닌, 마음 깊숙한 곳에서 진심으로 우러나오는 '어떻게 이렇게 좋을 수가 있을까' 하는 느낌으로 마음이 충만했다.

그때 이야기는 주로 내가 나의 동행들에게 궁금했던 것을 물어보는 대화로 흘러갔다. 심도 있는 인생 이야기를 나누는 토론회의 진행자가 된 느낌이랄까? 나는 26년 평생 이렇게 여행하는 삶을 마치 다른 세계의 이야기인 것처럼 여겼는데, 이 사람들은 도대체 왜 이런 여행을 함께하게 되었는지 궁금했다.

내게 있어 이 여행은 개인적으로 힘든 시기에 회사의 연차를 겨우 내고 추석 휴가까지 붙여서 간신히 만든 시간이었다. 그리고 큰 용기를 짜내어 지금 이곳에 올 수 있었던 것인데, 동행들은 이 모든 결정이 딱히 힘들어 보이지 않았다. 그런 동행들의 삶에 대한 태도와 생각을 알고 싶었다. 대략 기억나는 답변을 종합해 보면 그 무엇보다도 정말 자신을 위한, 자신만의 인생을 살고 있다는 것이었다. 그 누가 어떤 이야기를 건네도 자신의 신념에 따른 결정을 하고, 자신의 기호에 따라 선택을 하는 그분들을 보며 나는 참 내 인생에 여러 가지 핑계가 많은 사람이었구나, 하는 생각이 들었다. 처음이라 무섭다는 핑계, 안 해봐서 못 한다는 핑계, 모르는 것은 절대 하면 안 된다는 핑계. 어쩌면 유난스럽게도 실패를 두려워했던 내 소극적인 자아가 만들어 낸 방호벽 뒤에서, 그저 나는 잔잔한 인생을 바라는 사람이라고 단정 지어 버린 것은 너무나도 큰 잘못이었구나, 하는 생각이 번뜩 지나갔다. 여태까지 내게 없던 아주 새로운 생각이었다.

나는 분명 이 모든 대화를 하면서 아주 행복했고 또 행복했다. 그때의 몽골 여행은 '내가 태어나서 가장 행복한 순간을 겪고 있구나' 하고 자부할 수 있을 정도로 내 마음속 깊은 곳을 완전히 흔들어 놓았다. 스스로 딱히 행복할 가치가 있는 사람이라고 생각하지 않았던 나는, 그저 유유자적 흘러가는 대로 살던 지극히도 평범하고 겁이 많은 사람이었다. 도전이나 미지의 세계로의 여행은 나와는 전혀 관계없는 먼 나라의 이야기 같았다.

그때 동행들, 몽골인 친구들과 모여 앉아 나눈 고되고 힘들었던 마음에 관한 이야기들은 나의 인생을 통째로 바꿔 놓는 계기가 되었고, 나는 가보지 못한 곳에 대해 새로운 꿈을 꾸게 되었다. 소극적으로만 살던 지난날에 마음속으로 삼켜 버렸던 모든 꿈을 다시 꺼내 놓고 직접 실현해 보겠다고 생각하게 되었던 것이다. 내 생각은 여행 이후 새롭게 태어나서 지금의 새로운 삶을 살게 했다.

나이가 들면서 자신의 가치관과 충돌하는 상황이 생기면 보통은 반대 의견에 반감이 생기고, 스트레스를 주는 그 상황을 아주 피해 버리는 것에 익숙해진다고 생각한다. 하지만 살면서 고수해 오던 가치관을 때로는 숙일 줄 알며, 새로운 것을 접하고 받아들이는 일도, 용기를 가지는 일도 중요하다고 생각한다. 나는 마른 소똥 모닥불 앞에서 동행들과 함께 여러 주제로 이야기를 나누었을 때 이러한 용기를 얻을 수 있었다. 나와는 너무나도 다른 삶을 살아온 그분들의 이야기를 들으며 고지식하기만 했던 지난 내 삶을 돌아보았고, 앞으로는 생각에만 그쳤던 가슴 뛰는 삶을 살기 위해 용기를 낼 수 있도록 나를 더 응원해 주어야겠다고 생각했다. 그렇게 어쩌면 가볍지만 깊었던 이야기를 나누고, 텐트에 몸을 뉘였다. 사막에 적막과 고요함만이 남았을 때, 달빛이 텐트 안을 은은하게 비추어 편히 잠들 수 있게 도와주었다. 그날 나는, 나를 아주 오랜 시간 옥죄어 괴롭히던 출처를 알 수 없는 스트레스에서 벗어나 살짝 올라오는 술기운과 함께 아주 편안하게 잠이 들 수 있었다.

가까이에 있는
내 행복을 찾아서

온종일 가방을 풀고 싸는 것이 일이고, 현대인의 필수품인 휴대전화도 없는 7일간의 여행이었다. 그럼에도 매일 꿈속을 거니는 것만 같았던 몽골 여행 이후, 나는 나의 보물 1호가 된 빨간 배낭과 함께라면 정말 어디든지 갈 수 있을 것 같은 용기가 생겼다. 그리고 어쩌면 그 기회가 지금뿐일지도 모른다는 생각도 들었다. 가을철이라 더욱 황폐한 듯 보였던 거친 사막과 모래바람, 끝이 보이지 않는 초원, 설명할 길 없이 아름다운 몽골을 나는 정말 사랑하게 된 것 같다. 사람의 손이 닿지 않은 몽골의 자유로운 느낌 때문이지 않았을까?

정말 짧은 일주일짜리 여행이었지만, 마음속 깊은 곳에서 늘 무엇인가 부족했던 결핍의 근원이 내 안에 있었음을 깨닫게 되었다. 그곳을 여행하면서 어느 것 하나 넉넉하거나 풍족하지 못했으며

가을철이라 더욱 황폐한 듯 보였던
거친 사막과 모래바람,
끝이 보이지 않는 초원,
설명할 길 없이 아름다운 몽골을
나는 정말 사랑하게 된 것 같다.

원만했던 것도 없었다. 종일 덜컹거리는 차 안에서 멀미를 하며 시간을 보냈고, 딱히 세계적으로 대단한 유적지를 구경한 것도 아니었다. 하지만, 아직도 나는 이 여행을 추억하면 황홀한 자유로움에 심장이 뛴다. 다시금 그렇게 무작정 오지로 여행을 계획해서 떠날 수 있을까?

한국으로 돌아왔을 때, 나는 두 번의 고민 없이 회사에 다니는 내내 손에 들고만 있던 사직서를 제출하고 나왔다. 늘 가슴속 깊은 곳에 숨겨만 두던 사직서였다. 여행 이후, 약 3주 만에 결정한 일이었다. 퇴사를 결정하기 위해 생각보다 긴 시간이 필요했던 것은 아니었다. 인생에서 어떤 부분에 나의 남은 시간과 감정을 옮겨 담을지, 경중을 따져 생각을 정리하고 나니, 꾸준하게 고민해오던 것들을 뒤도 돌아보지 않고 내쳐 버릴 수 있었다. 이제부터는 내 인생의 진정한 유랑자가 되어 삶의 방향을 인도하는 키를 직접 잡고 싶었다. 더 이상의 고민은 피폐해진 나를 되돌려놓을 작은 기회조차 놓쳐 버리게 할 것만 같아서 결정도 빨라졌다.

남들보다 조금 늦은 감이 없잖아 있지만, 없을 것만 같았던 인생의 빈 페이지에 마음 가는 대로 그림을 그려보기로 했다. 사회 속에서 눈치 보고, 사람에 상처받으며 내 마음속에만 그리고 지워버리기에만 급급했던 지난 그림들을 이제는 연필로, 물감으로, 때로는 크레파스로 형형색색 그려보기로 했다. 묻어두기만 했던 마음속 꿈을, 동경하기만 했던 다른 이들의 도전을.

내 인생의 진정한 유랑자가 되어
삶의 방향을 인도하는 키를
직접 잡고 싶었다.

앞으로 나는 인생의 가장 중요한 가치를 '가까이에 존재하는 나의 행복'에 두기로 했다. 근본적인 행복을 위해 앞으로 어떤 마음가짐으로 미래를 설계할 것인지 깊은 고민에 빠지게 되었다. 늘 마음속에 품고 묻어두기만 했던 사직서를 꺼내 제출한 순간, 우선은 퇴직금으로 이때까지 생각만으로 그쳤던 여행을 떠나기로 결정했다. 그 어디든 발길이 닿는 곳으로 떠나면서 내게 주어진 인생을 남김없이 살아보리라 다짐했다. 그렇게 해서 나는 친한 친구가 파견을 나가 있는 네팔에 가기로 결정했다. 생전 일탈이라고는 해본 적 없던 나였지만, 인생을 좌우하는 가치관이 너무나도 극단적으로 변해버린 지금 이 순간, 미래의 내 앞에 놓인 무수한 상황에서의 내가 어떤 선택을 해나갈지 스스로 무척이나 궁금해졌다.

02

네팔 · 예측 불허! 4,130m 안나푸르나 트레킹

네팔
(20일)

- 카트만두
- 포카라
- 나야풀
- 뱀부
- 데우랄리
- 안나푸르나 베이스캠프
- 촘롱
- 포카라
- 카트만두
- 귀국

안녕, 카트만두!

안녕, 포카라!

수화물 레일도 없는 공항이라니. 여기가 공항이 맞는걸까? 25킬로그램이나 되는 배낭을 수화물 레일 위가 아닌 공항의 어딘지 모를 구석에서 받아들고 입국장으로 들어서자 수많은 눈길이 나를 따라왔다. 행색이 조금은 남루한 사람들의 부담스러운 눈빛으로 둘러싸인 이곳은 네팔의 트리부반 국제공항이었다.

사람들이 나를 쳐다보는 이유가 60리터나 되는 커다란 빨간색 배낭 때문일 수도 있었다. 하도 커서 사람이 배낭을 멘 게 아니라 마치 배낭에 사람이 매달려 있는듯한 행색이었으니까. 공항은 입출국 하는 사람이 아니면 안으로 출입조차 허가되지 않기에 눈빛의 주인들은 공항 울타리 밖에 쭉 늘어서서 입국하는 사람들 하나하나를 신기하다는 듯 뚫어져라 쳐다보고 있었다. 이것이 공항에 도착한 내게 비친 네팔의 첫 번째 이미지였다.

피부 빛이 더 짙은, 나를 위아래로 훑어보던 그들의 노골적인 눈빛은 늦은 시간 공항에 도착한 내게 또 한 번 낯선 곳에 대한 두려움을 느끼게 만들었다. 모두가 나만 응시하는 것 같았고 나를 향해 웃으며 휘파람을 부는 소리도 들려오는 것 같았다. 몽골에서도 그랬지만, 나는 그때까지도 말이 통하지 않고, 잘 알지 못하는 나라를 혼자서 여행하기엔 겁이 참 많았다. 순식간에 변했다고 큰소리치며 용감한 척이란 척은 혼자 다 하면서 씩씩하게 한국을 떠나왔는데, 여전히 여행을 간 나라에서 이방인이 되는 것이 썩 익숙하지만은 않았다. 다행히도 늦지 않게 J가 데리러 나왔다.

"한국에서도 그렇게 얼굴 보기 힘들더니 어떻게 이 머나먼 네팔에서 만나게 되냐. 진짜 잘 왔다. 어찌 됐건 네가 무사히 도착해서 다행이야."

J는 대학교 같은 과의 직속 선배였다. 대학 시절에 아주 가까웠다기보단 학생회 활동을 같이하며 주로 술 한 잔씩 기울이던 사이였다. 그러다 선배의 졸업 후 취업에 관한 이런저런 이야기를 나누다가 유독 친해져 서로에게 많이 의지하는 친구가 되었다. J는 네팔에 해외 파견 근무를 나와 있었고, 나는 J만 믿고 이곳에 대해 아무런 정보도 찾아보지 않은 채 고민 없이 여행을 가야겠다는 생각을 할 수 있었다.

수도 카트만두에 있는 동안은 J의 회사 숙소에 얹혀 살기로 했다. 어느 정도 적응 기간을 가질 수 있을 것 같아 안심이 되었다.

아무래도 마음 한편 의지할 곳이 있다는 든든함 때문이지 않았을까? J는 숙소로 이동하는 길에 늦은 시간 공항 근처에서는 많은 범죄가 일어나기 때문에 조심해야 한다는 이야기를 덧붙였다. 이미 다섯 달째 여기서 지냈던 그의 안부가 궁금하여 우리는 간단하게 술을 한잔하며 밤새도록 끊임없이 대화를 이어나갔다. J는 나에게 잘 다니던 회사까지 때려치우고 왜 갑자기 이런 오지 여행에 늦바람이 들었느냐 물었고, 나는 사실 이번 여행의 진짜 목적지는 카트만두Kathmandu가 아니라 포카라Pokhara라는 이야기를 전했다.

내가 네팔로 출국할 때 그렇게 무거운 배낭을 지고 온 데에는 다 이유가 있었다. 지난 몽골 여행을 하면서 동행들과 서로 자신이 경험한 세계 곳곳의 여행 이야기를 나누었을 때 S가 이야기해주었던 히말라야의 모습이 가장 마음에 아른거렸기 때문이다. 그 대화 이후로 나도 언젠가는 그 미지의 세계를 경험해 봐야겠다고, 마음속에 희망과 같이 담아두었던 것이다. 그 이후 시기가 잘 맞아 혼자서 네팔에 갈 수 있는 딱 좋은 구실이 생겼고, 기왕 이렇게 된 거 한번 도전해 봐야겠다는 생각을 했다.

그렇게 세계에서 가장 유명한 설산이 있는 이곳, 등산계의 마지막 종착지라고 할 수 있는 히말라야 트레킹을 상상하며 아무런 정보 하나 찾아보지 않은 채, 포카라로 가려고 결정했다. 믿는 구석이 있었기에 여행지에 대한 정보나 현지에 유명한 장소를 내가 미리 찾아보지 않았어도 되었다. J는 시내 곳곳의 여러 유적지, 유명한 관광지나 레스토랑을 차로 함께 다니면서 알려주기로 했고, 심지어 여행 경비에 보탬이 되어주기도 했다.

그러다 문득 내가 과연 혼자 포카라에 가서도 잘 적응할 수 있을까 걱정이 들었다. 종종 산을 즐겨 다니긴 했지만, 꼬박 몇 날 며칠을 산속에서 지내며 등반을 하는 일은 또 다른 어려움이라 생각했다. 내가 해낼 수 있을 것이라는 기대보다는 걱정이 먼저 앞섰다.

J와 이야기가 길어지는 바람에 느지막이 침대에 누웠지만, 시차가 크지 않아 별 무리 없이 첫날 아침을 맞이했다. 그가 이야기하기를 우리가 묵고 있는 곳은 네팔에서도 손에 꼽는 럭셔리 호텔이었다. 이곳 정원을 보고 있자니 마치 호캉스라도 와 있는 기분이 들었다. 아름다운 아침 햇살이 창밖으로 스며 들어오고, 여유로운 사람들의 표정을 보며 나도 한껏 아침 식사를 즐길 수 있었다. 일찍 조식을 먹고 나와서 J가 카트만두 시내를 구경시켜 주었다.

호텔에서 벗어나 네팔의 강남이라는 번화가 타멜 거리로 나왔을 때 카트만두에 대한 나의 느낌은 좀 전의 호텔 안에서와는 너무도 달라졌다. 어제는 저녁 늦게 도착한 탓에 보지 못했던, 머리 위로 몇백 가닥인지 모를 전선이 온통 뒤엉켜 지나가고 있었고, 공장 하나 없는 곳인데도 오래된 차에서 뿜어져 나오는 매연과 먼지가 너무 심해서 마스크 없이는 걸어다니기조차 힘들 정도였다. 그렇게 정신없는 거리였지만, 차선도 없는 도로를 무작위로 활보하는 보행자들을 피해서 차들이 잘 달리는 모습이 너무 신기했다.

저렴한 가격에 정말 맛있는 현지 음식을 먹고, 유명한 사원을 구경하며 네팔의 문화를 경험하고, 히말라야 원두가 유명한 로컬 카페에서 내 입맛에 쏙 맞았던 라씨(인도 요거트 음료)도 처음 맛보았다. 필수 여행 코스도, 어떤 로컬 음식을 먹어봐야 하는지도 모른 채로 도착했던 카트만두는 J의 도움으로 이틀 밤을 지내면서 조금씩 익숙해져 갔다. J와 함께 편하게 차를 타고 다니며 돌아보던 시내는 거의 현지 가이드와의 밀착 여행이었으니 더욱 그럴 수밖에.

그동안 일하며 뭉친 스트레스와 피곤을 마사지로 풀며 내일 있을 포카라 일정을 예약했다. 첫날 도착해서 하루 묵을 숙소와 그다음 날 산행을 위한 가이드 포터까지. 원래 나의 여행 스타일이었으면 필요한 모든 것을 한국에서 해결하고 왔을 테지만, 이번엔 모든 일정의 정리와 예약을 포카라로 떠나기 전날 해결했다. 시간이 많이 걸린 것도 아니어서 꽤 효율적이었다.

드디어 포카라로 가는 날 아침. J와 함께 카트만두에서 보낸 시간 덕에 조금은 익숙해진 네팔이었지만, 국제선 공항에서 한참이나 헤맨 후 겨우 국내선 공항에 도착해 탑승을 완료했다. 아닌 척 했지만 배웅해준 J가 가고 무척이나 긴장했던 모양이다. 포카라의 공항은 짧은 활주로 때문에 세계에서 위험하기로 손꼽히는 공항이라며 J는 걱정스레 이야기해 주었다. 그 말을 들을 때는 내색을 안 했지만, 막상 두 눈으로 부실해 보이는 경비행기를 보게 되니 나 역시도 걱정이 매우 커졌다. 귀마개랍시고 주는 작은 솜 뭉치 2개를 받아들고 프로펠러 때문에 털털거리는 비행기에 올랐다. 모든 상황은 내 걱정을 커지게만 했다.

하지만 기체가 활주로를 달려 이륙하는 순간, 다시금 들떠오는 기분에 금세 두려움을 잊고 토끼 눈으로 창밖을 바라보았다. 포카라로 갈 때는 오른쪽 창가 자리에 앉아야 구름 위로 올라온 산맥의 모습을 볼 수 있다는데, 운이 좋게도 자리를 잘 앉아서 산에 오르기도 전에 4천 미터 상공에서 히말라야를 먼저 볼 수 있었다. 도대체 봉우리가 얼마나 높으면 구름 위로 한참이나 솟아 있는 걸까, 이 풍경을 어떻게 설명할 수 있을까? 곧 있을 트레킹 생각에 온몸에 전율이 일었다.

역시나 레일이라곤 기대할 수 없는 공항에서 무거운 배낭을 받아 들고, 시내로 나왔다. 큰 기대를 하지 않았던 포카라의 첫 느낌은 카트만두와는 전혀 달랐다. 자연에 보다 가까워져서 그런지 훨씬 더 푸르렀고, 많은 산악인, 관광객이 오가서 카트만두보다는 조금 더 아기자기하고 여유로운 인상이 강했다. 히말라야에 오르기 전 하루 정도 잠만 자기 위해 잡은 8천 원짜리 숙소에 짐을 대충 던져 놓고, 그렇게 넓지 않은 포카라 구석구석을 둘러보기 위해 자전거를 빌렸다. 이곳저곳에서 눈에 띄게 보이는 '짝퉁' 등산복 판매장은 카트만두보다 더 많았다. 혼자서 돌아다니며 점심을 먹고 추가로 등산에 필요한 물건을 샀다. 내가 생각해온 네팔의 이미지는 이곳 포카라가 조금 더 가깝겠구나 싶었다. 아마도 높다란 산과 자연 속에 내가 함께 어우러지는 모습을 상상했었기 때문이 아니었을까? 자전거를 타고 달리며 시야가 머무는 곳곳에서 상상 속에서만 그리던 설산을 마주치니 이제야 내가 내일이면 저 높은 곳을 향해 오른다는 것이 실감이 났다.

두통약 두 알로 이겨내려 했던 고산병

아주 어릴 적 과학 잡지 같은 곳에서 익숙하게 보았던 세상에서 가장 높은 산 '에베레스트'. 그곳이 어느 나라 산인지 모르고, 얼마나 높은지 가늠조차 할 수 없던 어렸을 적 마음 그대로 나는 이곳을 받아들이며 올랐다. 함께 해 준 포터* 아저씨는 다시 생각해도 정말 잘 만났었다. 처음엔 내 짐을 끝까지 잘 들어 주실 수 있을까 걱정이 들 정도로 조금은 왜소하고 소극적이었던 포터는 외로운 길에 말동무도 되어주며 나름대로 편한 산행을 하게 도와주었다.

등산로 초입부터 한국에 있는 산과 다른 특별함을 느낀 것은 아니다. 나무와 숲이 울창하게 솟은 모양새는 한국의 산과 아주 비슷했다. 하지만 왜인지 모르게 신성한 기운이 느껴지는 히말라야 이

---

* 트레킹에서 짐을 대신 들어주는 사람.

곳은 정말이지 꿈속으로 들어가는 느낌이다. 모든 잡념은 흐르는 물소리에 날려버리고, 자연으로부터 들려오는 고요함만이 내 마음을 평화의 경지에 오르게 해주었다. 저 멀리 만년설이 쌓여 반짝이는 마차푸차레Machapuchare를 오른쪽 곁에 두고, 끝이 보이지 않는 등산로를 걸어올랐다. 그리고 점심을 먹기 위해 멈춘 첫 번째 로지Lodge*에서 한국인 동생 S를 만나게 되었다.

점심으로 프렌치토스트를 시켜 먹으며 S와 함께 베이스캠프 등반에 관한 이야기를 나누었다. 그녀와 함께 산을 오르는 포터는 마차푸차레를 가리키며 저 봉우리는 안나푸르나Annapurna 봉우리보다 해발고도는 낮지만, 가장 험준한 경사여서 아직 아무도 등반에 성공한 전례가 없다고 이야기해주었다. 도대체 얼마나 강인한 체력과 정신력을 지녀야만 저 험난한 봉우리들을 정복할 수 있는 것일까? 뉴스로 종종 한국 산악인들의 사고 소식을 들었던 게 가물가물 기억이 났다. 그 당시에는 왜 그렇게 무모한 도전을 하는지 궁금했는데, 지금 내가 두 발로 여길 걷고 있으니 새삼 산악인들의 도전 의식이 어디서부터 고취되었을지 그들의 마음이 내심 가늠이 되기도 했다.

눈앞의 고지를 두고 결국에는 경지에 올라 있는 자신을 바라볼 그 순간을 위해, 그 감격스러움의 순간을 만끽하기 위함이 아니었

---

* 산행 도중에 쉬어갈 수 있는 간이 숙박소.

을까. 그것을 가능하게 하는 것은 지금 오르는 힘겨운 한 발 한 발이며 그것이 얼마나 귀중한 걸음인지 나도 지금 몸소 느끼고 있었다. S와 나는 남은 걸음을 함께하기로 했다. 첫날부터 한국인을 만나다니, 힘든 산행을 함께 이겨내며 갈 수 있겠구나 싶었다.

한국에서 높다는 산을 다녀보아도 종주를 강행하지 않는 이상 하루에 왕복 10시간 이상 등산할 일은 없었다. 그래서 하루이틀 정도는 체력에 부담이 되지 않았지만, 그 이후에는 급격하게 체력이 떨어졌다. 하루도 못 쉬는 상태로 5일을 내리 쉬지 않고 등산했으니 체력 분배를 간과했음이 분명하다. 거기다가 아직 간단하게 짐

싸는 법을 터득하지 못해 필요할 것 같은 물건을 전부 담아온 터였다. 지고 가야만 하는 배낭의 무게가 만만치 않게 무거웠다. 다행히 가이드 겸 포터에게 짐을 전부 맡기고, 나는 작은 힙색과 물병 하나만 들고 오르면 되었다.

오르는 내내 내 몸 하나만 건사하면 되는데, 오랜 등산으로 몸에 과부하가 걸렸고, 회복되지 못한 채 출발하니 고도가 높아질수록 점점 더 힘에 부쳤다. 길게 쉬어가려 한 적이 없는 우리는 생각보다 빠른 속도로 베이스캠프를 향해 갔는데, 약 3,900m쯤 이를 무렵에 그렇게 무섭다는 고산병이 내게 찾아왔다. 산소포화도가 낮아지면서 점점 숨이 가빠왔고, 공기 중의 산소가 희박한 것이 콧속으로, 그리고 온몸으로 느껴질 만큼 점점 더 숨 쉬기가 힘들어졌다. 나는 가슴을 최대한 펴고 크게 숨을 내쉬려고 노력했다. 그럼에도 불구하고 느껴지는 고통은 태어나서 처음으로 느껴보는 종류의 감각이었다.

고산병을 설명하자면 마치 알 수 없는 강력한 마력이 내 다리를 땅속으로 끊임없이 잡아끄는 느낌이다. 나는 얼굴이 노랗게 떠서 영락없는 환자의 모습으로, 온몸을 스틱 2개에 의지한 채 걸었다.

고도가 높아질수록 급격하게 낮아지는 기온에 입술은 새파래졌고, 온몸이 저려서 제대로 앉아 쉴 수도 없었다. 그런 와중에 저 멀리서 프로펠러 소리가 들려왔다. 산악 구조대의 헬기 소리였는데, 헬기가 착륙하려는 언덕 너머를 보니 유럽인 여자 한 명이 산소마스크를 한 채로 들것에 들려 내려오고 있었다. 이제껏 겪어보지 못한 미지의 세상과 고통에 대한 공포가 밀려왔다. 고산병에 대해 가볍게 생각했던 나는 그에 관련한 응급처치 방법조차 하나도 찾아보지 않고 산을 올랐다. 내 구급약 통 안에는 달랑 두통약 두 알이 전부였는데, 다행히도 S에게 고산병약을 한 알 받을 수 있었다. 나도 우연히 만나 함께 올라가던 S가 아니었으면 저 여자분처럼 들것에 실려 내려왔을지 모른다. 그렇게 생각하니 온몸에 소름이 돋았다.

드디어 잠시 후면 그토록 고대하던 안나푸르나 베이스캠프에 도착하는데, 요새 연일 날이 좋지 않아 내일 새벽에도 정상의 모습을 볼 수가 없을 것 같다는 말을 듣게 되었다. 아픈 와중에 깨끗한 정상을 볼 수 있는 운도 주어지지 않아서 안타까웠다. 한 시간이면 코앞의 정상에 도착할 수 있는데, 거세지는 바람과 짙은 안개 속에서 내 의지와 다르게 점점 더 느려지는 발걸음이 야속했다. 무너져 내리고 있는 것만 같은 내 몸을 나밖에 견뎌내 줄 수 없다는 사실이 너무 두려웠다. 금방이라도 터져 나올 것만 같은 울음을 꾹 눌러 담으며 정신을 똑바로 차려야 한다고 되뇌었다.

드디어 안개 속 저 멀리서 '안나푸르나 베이스캠프'라고 쓰인 표지판이 마치 내가 너희를 이곳에서 기다리고 있었다고 이야기하는 것처럼 모습을 드러냈다. 나는 표지판을 발견하고는 이미 쉴 대로 쉬어버린 목소리로 S와 함께 소리를 질렀다.

상상 속의 마차푸차레,
꿈의 안나푸르나

우여곡절 끝에 간신히 정상에 다다랐지만, 내가 기대하던 설산의 풍경은 전혀 보이지 않았다. 산을 다니는 분들이 흔히 이야기하는 '곰탕'이었다. 베이스캠프를 둘러싼 먹구름은 쉽사리 걷힐 것 같지 않았다. 기압 차이 때문에 여전히 온몸의 뼈 마디마디가 욱신거렸고, 폐가 쪼그라드는 것만 같았다. 나는 머리가 깨질 것 같은 고산병을 이겨내기 위하여 저녁까지 연일 마늘 수프를 마셔댔다. 마늘 수프가 고산병에 특효약이라는 로지 주인의 이야기를 들었기 때문이다. 멀미를 하는 것처럼 메슥거리는 속에는 다른 음식보다 따뜻한 차와 수프가 제일이라고 했다. 다행히 고산병약 한 알을 먹었을 뿐인데 산소마스크를 사용한 사람처럼 잘 회복했다.

마차푸차레와 안나푸르나는 어릴 적 읽었던 책 속의 장면처럼, 나의 상상 속에서만 존재했던 장소였는데, 결국 내 눈으로 온전한 모습을 확인하는 일은 체념해야겠구나, 싶었다. 베이스캠프까지의 여정이 녹록지 않았기 때문에 뿌옇게 흐린 풍경은 더더욱 아쉬웠다. 산을 오르는 동안 몸이 한가득 긴장했었는데 저녁까지 두둑하게 먹으니 살짝 느슨해졌나 보다. 또다시 통증이 올라오며 느껴지는 급격한 피로에 일찍 잠을 청했다.

기절하듯이 쓰러져서는 얼마나 잤을까? 여러 사람의 조용한 웅성거림에 밖으로 나가보았다. 아직 동이 틀 조짐도 보이지 않는 보랏빛의 캄캄한 새벽녘이었다. 하지만 일제히 삼각대에 고정된 카메라 렌즈와 그 시선이 향해 있는 곳을 바라보니 놀랍게도 그렇게도 두꺼웠던 안개는 언제 그랬냐는 듯 깨끗하게 걷혀, 구름 대신 수많은 별이 까맣게 칠해진 밤하늘에 반짝거리고 있었다. 사람 소리가 들려오는 로지 뒤로 돌아 걸어갔을 때, 어둠 속 선명히 마주한 안나푸르나 봉들의 장엄함에 나는 아무 말도 할 수가 없었다. 봉우리들은 달빛에 은은하게 비친 베이스캠프 주변을 빙 둘러싸면서, 이곳을 지켜주는 산의 정령처럼 나를 굳건하게 내려다보고 있었다.

어렵고 신비로운 세계로 힘겹게 들어와 있는 나를 마음으로 환영하는 듯한 그 봉우리들의 모습에 트레킹을 하며 겪었던 모든 고생이 전부 다 보상받는 느낌이었다. 히말라야는 가히 신의 영역이라 불릴 만한, 감히 어떤 말로도 표현할 수 없는, 직접 보지 않은 사람은 상상할 수도 없는 그런 장관을 연출하고 있었다.

깎아지르는 듯한 봉우리는 조각조각 산세가 얼마나 험준한지를 잘 보여주고 있었고, 사이사이 쌓인 눈은 천천히 떠오르는 여명을 받는 순간 마치 오랜 시간 숨겨둔 보석 상자가 열리듯 짜릿하게 반짝였다. 구름이 걷히고 아침이 차오르던 순간을 나는 아직도 생생하게 기억한다.

안나푸르나 정상은 반대편에서 떠오르는 태양에 가장 끝자락부터 황금빛으로 반짝거리며 물들더니 천천히 능선 전체가 물들어갔다. 그렇게 깨끗한 색일 수가 없었다. 마차푸차레와 꿈의 안나푸르나는 내가 상상했던 그 이상의 모습으로 나를 맞이해주었다. 이 모습을 보려고 채 회복되지 않은 몸을 일으켜 새벽 내내 차가

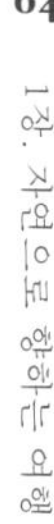
1장. 자연으로 향하는 여행

운 바람을 맞으며 기다렸는데, 그것을 진정으로 마주한 순간에는 뺨 위로 이유 모를 뜨거운 눈물이 흘렀다. 실로 장엄한 모습 앞에서, 나는 상상하기도 힘든 큰 세상 속 먼지 같이 작은 존재일 뿐이었다. 그런데 어찌 그것보다 더 작은 것에 내 마음을 있는 힘 다해 가며 괜히 에너지를 낭비해왔던 것일까. 그동안 지나치게 마음 썼던 모든 순간이 전부 부질없게만 느껴졌다. 이곳에 오르면서 느낀 힘듦, 고통, 후회, 절망의 사사로웠던 모든 마음을 눈에 들어온 신성한 모습으로 내 안에 녹여버렸다.

운동을 오래 꾸준히 해왔던 내 체력이 절대 허약한 편은 아니었지만, 선천적으로 약한 몸을 가졌다는 사실을 간과하고 무리하게 올라갔던 탓에 무릎에 과부하가 오기도 했으며, 생각지도 못한 고산병으로 혼이 쏙 빠지기도 했다. 늘 사람들 앞에서 강인한 모습만 보여주려 했기 때문에 내색하지는 않았지만, 사실 나는 겁쟁이였다. 그래서 그 여정들을 견뎌내기가 조금은 벅차기도 했고 안 보이는 곳에서 힘든 시간을 보내기도 했다. 나약한 모습에 바보 같은 자책을 하면서 나 자신을 자꾸만 부족한 사람이라고만 말했다.

하지만 안나푸르나를 뒤로한 채 하산하는 길에는 풍경을 에너지 삼아, 정말 신이 나서 산을 탄 것 같다. 황금빛을 내던 태양은 어느새 머리 위까지 떠올라 정상의 만년설이 거울에 비친 듯 이제는 은빛으로 빛나게 했고, 가을 무렵의 금빛 숲은 내 뒤에 펼쳐져 내가 마치 그림 속에 있는 것 같은 착각까지 들게 했다. 안나푸르나는 한 폭의 작품이 되어 어느새 나조차 자연 속의 일부가 되게 했다.

작아지는 반딧불 불빛

안나푸르나 베이스캠프에서 격렬했던 감동은 포카라로 내려온 뒤에도 꽤 오랫동안 지속되었다. 살아생전 다시 이곳을 밟을 수 있을까 하는 생각이 들면서 산을 오르는 동안 더 많은 것을 담을 수 있었을 텐데 놓쳐버린 풍경과 감정이 있지는 않을까 아쉽고 쓸쓸하기도 했다. 조금 더 주위를 둘러보고, 더 많은 것을 보고 느꼈으면 좋았을 것을. 반드시 다시 한 번 더 풍요로운 마음을 담아 이곳으로 돌아오고 싶다고 생각했다. 고지를 찍고 하산 길을 따라 내려가는 한 걸음 한 걸음이 아쉬웠다. 이러한 감정이 산악인이 목숨까지 내걸고 산을 오르는 이유 중 하나가 아닐까 감히 짐작해 보았다. 아직까지 생생한 정상의 모습을 떠올리며 제대로 된 정보 하나 없이 순진하게 출발했던 산행이었지만, 처음 발을 딛고 올랐던 청초했던 마음가짐을 내 안에 두고 살아야겠다고 다짐했다.

사실 베이스캠프에서 하산하고 시간이 넉넉했던 것은 아니었다. 원래 내가 계획한 일정대로라면, 하루 정도 포카라에서 쉬고 컨디션을 회복한 후 바로 다시 J가 있던 카트만두로 돌아가야 했다. 하지만 조금 쉬고 나니 그곳에서 느꼈던 행복의 여운을 조금 더 가지고 있고 싶어졌다. 그래서 갑작스럽게 일정을 변경해 포카라에 일주일 정도 더 머물기로 했다.

내가 머물던 게스트하우스는 한국인 사장님이 운영하는 곳이었다. 포카라에 있는 가장 큰 호수인 페와호 끝에 위치해 있는데, 호수의 고요하고 평화로운 느낌이 너무도 좋아 늘 물안개 피는 아침 시간에 그곳을 한 바퀴 돌곤 했다. 그곳에 있는 동안 하루하루가 지나는 것이 아쉬웠던 터라, 늘 다른 사람보다 조금 더 일찍 일어나 잠이 깨지 않은 채 아침을 맞았다. 얼굴에 눈곱만 떼고, 모자만 대충 눌러 쓰고는 호숫가로 정처 없이 걸어나갔다. 한 잔에 오백 원 하는 따뜻한 레몬티를 시켜 호수에 비친 히말라야가 가장 잘 보이는 테라스에 자리를 잡고 앉았다. 신 음식을 썩 좋아하지 않는 편인데 레몬티의 새콤달콤한 그 맛이 내 눈앞의 아름다운 풍경과 함께 아주 강렬하게 미각의 기억으로 남아있다. 내가 늘 아침 식사 전 일찍 혼자서 나가는 이유가 궁금했는지, 하루는 게스트하우스 사장님이 나와 동행한 적이 있다. 사장님은 그간 이곳에 처음 정착하면서부터 나와 같이 이렇게 호수를 걷기까지, 생각해온 많은 내면의 이야기를 내게 조금 나누어 주었다. 그날도 어김없이 레

몬티와 함께 사장님의 이야기를 경청하고 있자니, 정말 인생의 행복이란 것이 큰 게 없다는 생각이 들었다.

게스트하우스에서의 셋째 날 즈음에는 함께 묵던 사람들과 다 같이 장신구로 화려하게 꾸민 덜컹거리는 버스를 타고 포카라에서 유명한 관광 코스 중 하나인 사랑콧Sarangkot 너머의 자연 속으로 들어갔다. 오래된 나무에 매달린 그네를 타고, 절벽 근처를 산책하고 강아지풀을 뜯어 머리에 꽂으며 철부지 어린아이처럼 뛰어놀았다. 저 절벽 아래 골짜기로부터 불어오는 시원한 바람을 느끼는 동안만큼은 나이마저도 잊는 듯했다.

어떻게 보면 딱히 별것 없는 장소에서, 별것 아닌 일을 하며, 정말 별것 없는 즐거움을 느끼는 순간이었는데, 자연 속에서 오로지 내가 느끼는 행복에 집중하고 있는 내 모습을 보았다. 조금이라도 더 행복해지려고 부단히 노력해왔던 한국에서와 달리, 이곳에서는 고요하게 귓바퀴를 지나는 바람에 나뭇잎만 바스락거려도 연신 좋다는 말을 내뱉고 있는 내 모습을 보며 스스로 대단한 행복을 바라는 사람이 아니구나, 하는 생각이 들었다.

저녁 무렵에는 다시 숙소 근처로 돌아와 호숫가의 한식당에서 시간을 보냈다. 오랜만에 한식을 먹으면 새삼 한국 음식이 얼마나 맛있는지를 깨닫는 것 같다. 소주와 함께 곁들인 삼겹살이 얼마나 맛이 좋던지. 한참을 맛있는 음식과 함께 술을 마시다가, 호숫가를 따라 연둣빛으로 깜빡이는 반딧불을 발견했다.

반짝거리는 빛을 담아보고 싶어 휘두르던 손아귀에 잡힌 반딧불이를 가만히 들여다보았다. 자유로이 날던 반딧불의 꽁무니에서 내는 빛이 점차 사그라들어 갈 때쯤, 지금 내 마음속에서 몽글몽글 솟아오르는 여유로 가득한 행복이 함께 영영 빛을 잃어버릴 것 같아 서둘러 날려 보내주었다. 다시 피어오르는 반딧불처럼 나의 행복도 큰 것 없이 은은하게 빛날 수 있길 바랐다. 그토록 찾아 헤매던 마음의 평화가 이곳에 있었다. 불안이 가득했던 마음이 그렇게 안정되고 평화로울 수가 없었다. 스스로 여유로울 수 있었던, 그리고 그 소중한 감정을 찾을 수 있었던 포카라에서의 일주일은 정말 내 인생에서 다시 만날 수 없을 것만 같이 감사한 시간이었다. 지금은 여행을 매개로 내 안에 숨어 있던 행복을 찾아내고 있지만, 돌아갈 한국에서의 평범한 일상에서도 그것이 가능할 날이 올 것이라는 믿음이 생겼다.

Km 63,280
galicia

03 산티아고 · 끝이 보이지 않는 고행의 길을 걸으며

산티아고
(45일)

- 바욘
- 생장 피에 드 포르
- 론세스바예스
- 주비리
- 팜플로나
- 푸엔테 라 레이나
- 에스텔라
- 로스 아르코스
- 로그로뇨
- 나헤라
- 산토 도밍고 데 라 칼사다
- 부르고스
- 호르닐로스 델 까미노
- 카스트로 해리스
- 프로미스타
- 레온
- 산 마틴 델 까미노
- 아스토르가
- 폰세바돈
- 폰페라다
- 사리아
- 포르토마린
- 팔라스 데 레이
- 아르수아
- 산티아고 데 콤포스텔라
- 리스본
- 바르셀로나
- 귀국

옷 세 벌로 준비한
45일의 여정

귀국 항공권의 날짜를 미룬 시간만큼 포카라에서의 시간을 꿈만 같이 보내고, 한국으로 돌아왔다. 통장에 몇 푼 안 남은 퇴직금을 뚫어져라 들여다보며 고민에 빠졌다. 충분할 만큼 여행을 해본 것은 아니지만, 마음 한편에 26살은 적지 않은 나이라고 생각을 하며 이제는 남은 돈으로 다시 취업을 위한 공부를 시작해야 하지 않을까 싶었다. 인생에 정해진 해답이 있는 것은 아니지만, 무언가를 결정한 후에는 그 선택에 따르는 책임감이 무거울 것을 알고 있었기에, 다시금 여행을 떠나는 것에 조금은 더 신중하고 싶었다.

'이 돈이면 아르바이트를 하지 않더라도, 뭐든 준비할 기간 동안 끼니 정도는 해결하며 부모님께 손을 벌리진 않아도 될 텐데…….'

하지만 나는 언제 다시 올지 모르는 '백수의 삶'이 끝나가는 것이 아쉬워 당장의 나날을 붙잡고 싶었다.

가장 큰 고민거리는 어떤 일이 나에게 적합한지, 어떠한 직종으로 다시 일을 시작하고 싶은지 자체가 명확하게 들지 않았던 것이었다. 나의 첫 직장을 선택했던 때처럼 아무것도 알지 못하는 상태로, 직장을 갖는 것에 대한 갈망만으로 무작정 일을 시작하고 싶지 않았다. 미래에 대한 구체적인 계획과 그 선택의 이유를 나를 위한 충분한 시간을 가지면서 찾고자 했다.

새로운 여행을 계획하기에는 오랜 시간을 여행할 수 있을 만큼 금전적으로 여유가 있는 것도 아니었기에 주변에서는 여러 오지로 향하는 여행지들을 추천해주었다. 그때 마침 가깝게 지내던 사촌동생이 스페인 산티아고 순례길로 여정을 계획하고 있었고, 나는 이번에도 예약 하나 완료하지 않은 채로 동생의 여정에 숟가락을 얹기로 했다. 시간적인 여유가 부족하여 아무런 정보도 찾아볼 새가 없어서 여행에 필요한 물건은 죄다 현지에서 구매하기로 했다.

그때 당시만 해도 스페인 산티아고는 텔레비전 프로그램에 나올 정도의 유명한 여행지가 아니었기에, 내게는 '순례길'이라는 단어 자체도 너무나 생소했다. 동생이 말하기를 산티아고 곳곳을 직접 걷다 보면 여행지로서가 아닌 '진짜' 스페인의 소소한 모습까지 경험할 수 있다고 했다. 순례길을 여행할 때 순례자 여권을 발급받으면 여행 경비도 많이 절약할 수 있다고 했다. 나는 그 이야기에 홀라당 넘어가서 파리로 향하는 비행편을 발권하게 되었다. 그때까지만 해도 트레킹이라는 문화가 젊은 사람들에게 유행하던 시기는 아니었던 터라, 산티아고는 종교인이 아니고서는 많은 사람이 찾는 여행지는 아니지 않을까 하는 정도의 궁금증을 갖고 다시금 출국을 위한 준비를 했다.

한국으로 입국 후 거의 일주일 만에 표만 끊어서 다시 출국을 결정한 셈이었다. 미리 표를 예약한 동생과 같은 비행 편을 이용할 수도 없어 우리는 파리 공항에서 만나기로 했다. 40여 일 남짓한 여정에 필요한 옷은 딱 세 벌. 내 모든 짐을 여정 내내 직접 지고 다녀야만 했기 때문에 이때까지의 여행 중에 가장 짐이 가벼웠다.

약 800km나 되는 거리를 배낭을 메고 걸을 거라는 이야기를 듣고 주위 지인은 모두 나를 뜯어말렸다. 한창 경력을 쌓아나가야 할 시기에 그 시간을 온종일 타국에서 걷는 것에 투자한다고 과연 어떤 대단한 것을 얻을 수 있겠냐고 묻기도 했다. 그 질문에 스스로 답하자면, 그간 스트레스를 받으며 일했던 자신에게 보상으로 생각했던 지난 여행과는 다르게, 이번 여정은 내 머릿속의 물음표를 해결하고 돌아오자고 다짐했다. 기나긴 길을 걸으면서 오로지 나에 대해 생각하고, 내가 결정하며, 내 미래를 그려보리라고 다짐했다. 내가 진정으로 하고 싶은 것이 무엇이며, 잘할 수 있는 직업이 무엇인지, 구체적인 계획과 생각을 정리하여 이 여정이 끝날 즈음에는 사회로의 복귀를 위해 하나하나 준비해갈 생각이었다.

눈물에 젖은 바게트

스페인을 정말 제대로 느끼고 싶다면 이미 너무 관광지화되어 버린 바르셀로나가 아닌, 산티아고 순례길을 걸어보라고 추천하고 싶다. 하지만 솔직하게 내겐 정말 힘들었던 기억만 남아있다. 출발부터 꼬이고 꼬여 버린 탓이다.

순례길의 첫 출발지는 파리에서 비행기로 프랑스 가장 남쪽의 비아리츠 공항이 있는 바욘Bayonne으로부터 3시간 정도 떨어진 생 장 피에 드 포르Saint Jean Pied de Port였다. 파리를 떠나온 국내선 비행기는 비아리츠 공항을 향해 갔지만 어찌 된 일인지 바욘으로 착륙을 못하고 있었다. 30분이면 올 거리의 비행이 6시간이나 지나도 끝나지 않았다. 기내 방송을 대충 들어보니, 공항 근처에서 갑자기 극심한 안개가 끼어 활주로가 전혀 시야에서 보이지 않아 착륙이 계속 지연되는 상황이었다. 얼마나 안개가 심하면 이 정도까지 착륙을 못 하는 걸까? 이러다가 출발도 전에 연료가 다 떨어져서 비행기 사고로 조난을 당하는 것은 아닐까? 여러 가지 두려움이 갑자기 엄습했다. 한참 동안 손에 땀을 쥐며 불안에 떨었던 비행이었지만 다행히 우리는 안전하게 착륙했다.

바욘에서 생장으로 가는 기차를 타기 위해 서둘러서 기차역으로 이동했다. 달리는 버스 안에서 창밖을 바라보며 내가 파리 외곽의 시골에 와있다는 생각에 내심 설렜다. 해가 저무는 시간에 기차역에 도착해서 서둘러 플랫폼으로 내려가 기차에 올랐다. 빈티지한 역사에서 긴 비행으로 지친 모습을 사진으로 남기는 여유까지 부렸다. 하지만 8시간 만에 드디어 바욘에 도착했다는 행복감에 우리가 너무 들떴던 것일까? '생장 피에 드 포르'로 향하는 기차에 탔어야 했는데, 이름이 매우 흡사한 '생장 드 루즈Saint Jean de Luz'로 가는 기차를 탄 것이다. 앞에 '생장'만 보고 찾아온 완전히 다른 도시였다. 너무도 늦게 생장 드 루즈에 도착한 우리는 결국 어딘지도 모르는 외딴곳에서 급하게 발품을 팔아 숙소를 잡고, 내일 아침 다시 생장 피에 드 포르로 향하는 기차를 타기로 했다. 아침부터 일어났던 이 모든 상황이 나의 순조로운 출발을 막는 것만 같았다. 결국 아침 일찍 다시 공항이 있었던 바욘으로 돌아온 우리는 그제야 옳은 방향을 찾게 되었고, 우여곡절 끝에 드디어 목적지에 도착하게 되었다.

이곳으로 오느라 하루를 날려버린 우리는, 내일은 문제없이 출발하기 위해 저녁을 먹으면서 블로그의 다양한 글을 찾아보았다. 또다시 우여곡절을 겪지 않기 위해서는 정확한 출발선을 찾아야만 했다. 많은 정보성 글에서 사무소에 가서 순례자 여권*을 발급받은 후 노란색 조개 모양으로 표시된 화살표만 따라가면 된다고 하길래, 딱히 길을 찾기 힘들 것이라는 생각은 하지 않았다.

처음 순례자 여권을 받으러 사무소에 갔을 때 각자 배낭의 무게를 측정했다. 생필품을 제외하고 옷가지는 많이 들고 오지 않았는데도 나 혼자 배낭이 10킬로그램이 넘었다. 여행을 시작하며 장만하여 들고 온 배낭이 무거운 소재이기도 했을뿐더러, 옷 세 벌은 많이 들고 온 것이라고 했다. 사무소에 계신 분이 상당히 무거운 무게라고 말했지만, 딱히 다른 방법이 없어 그대로 가방을 들고 가기로 하고 현장에서 바로 생장의 첫 도장이 찍힌 순례자 여권을 발급받았다. 왜인지 모르게 가슴이 뛰었다. 여권 속 이 모든 칸을 형형색색의 다양한 도장으로 직접 채워 나갈 것이라고 생각하니 벌써부터 뿌듯한 마음이 들었다. 기념품으로 조개껍데기까지 하나 사서 가방에 매달고는 숙소로 돌아가 마지막 저녁 만찬을 즐기기로 했다.

---

* 순례자라는 것을 증명하는 증명서로, 순례길을 걸으면서 스탬프를 받아 완주시 순례 완료증을 발급받는다.

드디어 순례길 첫째 날. 숙소를 아침 7시에 나서 일찍 하루를 시작하려고 했는데 비가 추적추적 왔다. 걷는 첫날부터 우의를 개시하다니…. 하여튼 이번 스페인 여정은 운이 지지리도 없다고 느꼈다. 설상가상으로 분명 어딜 가나 눈에 띄는 노란색 화살표가 순례길을 알려 줄 것이라고 했지만, 눈을 씻고 찾아보아도 어디가 출발점인지 알 수가 없었고, 조개 모양도 도통 보이질 않았다. 길을 걷다 보면 사람들도 많다고 했는데, 비가 와서 그런지 우리랑 같은 시간에 출발하는 사람 역시 한 명도 만나지 못했다.

첫 코스는 '피레네Pyrenees산맥'이라는 순례길 중 가장 험난한 구간이었다. 첫 조개도 찾지 못하고 헤매기는 했지만, 대충 주위를 둘러보니 어느새 끊임없는 오르막인 걸로 봐서 우리가 길을 제대로 찾아온 것 같았다. 부슬부슬 내리는 비를 맞으면서도 뭐가 그렇게 신이 났던지. 발걸음은 가볍고 피레네산맥의 주변 풍경은 장관이었다. 푸른 잔디로 가득한 초록색 언덕은 우리나라에서 느끼기 힘든 황홀함을 선사했다. 거기다가 비구름과 자욱한 안개가 눈앞의 산 능선에 낮게 깔려 산맥에 신비로운 운치를 더해주고 있었다. 기분이 들떠 신이 나 있었긴 했지만, 아직 첫날 목표 거리인 25km 중에 반 정도도 안 걸었으니 사실 아직 제대로 된 고난은 시작도 안 한 셈이었다.

걷다 보니, 날씨가 점점 궂어졌다. 거세지는 바람에 굵어지는 빗줄기가 그대로 얼굴로 들이치는 지경에 이르렀다. 우의를 입고 있

었는데도 온몸과 신발은 물웅덩이에 빠진 사람처럼 쫄딱 젖었고, 더는 천 원짜리 얇은 비옷으로는 도저히 버틸 수가 없었다. 한 발 한 발 내딛는 것이 너무 힘들어서 조금이라도 앉아서 쉬고 싶었지만, 쫄딱 젖은 차갑고 축축한 옷이 이미 서늘해진 살갗에 닿는 느낌이 싫었다. 결국 앉지도 못한 채로 그 자리에 서서 가방에 꽂고 온 바게트를 먹었다. 나름 가방의 소지품이 젖지 않도록 하려고 꽁꽁 싸맸다고 생각했는데 아무런 소용이 없는 짓이었다.

이미 비에 다 젖어 눅눅해져버린 유일한 식량 바게트를 먹으며 사촌 동생과 함께 부둥켜안고 펑펑 울었다. 추위와 함께 갑자기 닥쳐온 불안함을 동시에 느낀 것이다. 순례길 출발선에 도착하기 전부터 있는 대로 고생을 한 것으로 모자라서 첫날부터 이겨내기 너무 힘든 시련이 닥치니, 과연 내가 이 길을 안전하게 완주할 수 있을까 하는 나약한 생각이 벌써 들어버렸다. 그렇게 한국인이 많다던 순례길에서 왜 그 흔한 여행객 한 명이 안 보이는 걸까, 우리가 길을 잘못 든 것이 아닐까, 생각하며 다시 원점으로 되돌아가려는 찰나에 저 멀리서 사이렌 소리가 들렸다.

순찰을 돌고 있던 경찰차가 비에 젖은 생쥐 꼴을 한 우리를 발견하고 다가왔다. 이곳 피레네산맥에서 출발하는 순례길 코스는 10월 말, 11월경 추워지는 계절부터는 너무 위험해서 사실상 진입 자체를 차단한다고 했다. 그들은 우리에게 어떻게 이곳으로 들어왔냐고 물었다. 직진으로만 걸어들어왔다고 하자 소름 끼치는 이야기도 전해주었다. 어젯밤부터 흐리던 날씨에 피레네산맥으로 올라왔던 일본 사람이 절벽에서 발을 헛디뎌 죽었고, 한국인 한 명이 실종되어 순찰을 돌고 있었다는 것이었다. 그런데 저 멀리서 우리가 조난자 비슷한 행색을 하고 울고 있으니, 경찰들도 놀란 모양이었다. 다행히 운 좋게도 그들 덕분에 첫날부터 오늘의 알베르게* 가 있는 곳까지 도움을 받게 되었다.

사람까지 죽는 순례길이라니. 내가 과연 이 길을 걷는 것이 맞는 것인지, 너무도 조급한 결정은 아니었을지 의문스럽기까지 했다.

---

* 순례자 숙소로, 순례자들에게 저렴한 비용으로 잠자리 혹은 식사를 제공한다.

쫄딱 젖은 채로 도착한 마을에는 한국인 여자들이 비바람을 맞으며 죽다 살아나서 구조되었다는 소문이 나돌고 있었다. 우리 이야기인지는 나중에 알았다. 힘겹게 도착한 알베르게에서 흠뻑 젖어버린 빨래를 건조기에 돌리며 내일의 여정이 심히 걱정되어 마음이 심란했다. 하지만 기차를 잘못 탄 첫날과 길 잃은 오늘의 시행착오를 내일의 교훈으로 삼겠다 생각하고 따뜻한 저녁을 먹으며 금세 체력을 회복했다. 온갖 무성했던 소문을 뒤로하고 우리는 비가 채 그치지 않은 다음 날, 순례길을 천천히 다시 걷기로 했다. 이를 악물고 출발하며 꼭 내 두 발로 마지막을 장식해내리라 다짐했다.

연골 주사가 준 깨달음

몇만 평이나 되는지 모를 끝이없는 포도밭, 무료 와인 분수 Bodegas Irache Wine Fountain, 곳곳에서 만나는 아주 오래된 성당들. 산티아고 여정 총 30일 동안 멋진 풍경을 마주하고 정말 다양한 사건 사고가 있었지만, 그중에 정말 기억에 남는 사건 몇 가지를 이야기해보려 한다.

나는 오래 걷는 연습을 한 상태에서 순례길에 도전한 것은 아니었다. 연습이랄 것이 뭐가 필요했겠는가? 사람이란 극한 상황이 닥치면 어떻게든 해낸다는 생각으로, 시행착오를 겪어가며 하루하루 적응해가면서 걷는 중이었다. 하지만 순례길 위의 현실은 매일 나 자신과의 싸움에서 이겨야 하는 서바이벌 게임 같았다. 너무 걸어서 물집이 잡히는 것은 물론이고, 너무 발바닥을 많이 사용해서 전체가 욱신거려왔다. 군대에서 군장을 메고 걷는 행군이 이런 느낌일까? 입술은 점점 더 메마르고, 발목은 가뜩이나 약한데 배낭 무게에 눌려 부러질 듯한 통증을 느꼈다. 배낭을 얹고 있는 골반까지 아려서, 이게 바로 정신력으로 버틴다는 말이구나 싶었다.

반보다 조금 더 온 400km쯤 걸었을까? 안나푸르나에서도 컨디션 조절에 처참히 실패했기 때문에 이번 순례길에서도 끊임없이 욕심을 내려놓자고 되뇌었다. 주변을 신경 쓰기보다 나의 페이스를 유지하자고 여러 차례 생각했다. 그러나 여전히 욕심을 놓지 못했었나 보다. 뱁새가 황새를 쫓는 것처럼 그날 하루도 어김없이 선두로 나가는 순례길 친구들의 꽁무니를 쫓느라 나의 페이스를 잃어버린 것이다.

중간 지점까지 온 지금에 와서야 통증을 느끼고 있는 것은, 몸이 채 회복할 수 있는 충분한 시간을 주지 않고 어리석게도 컨디션을 잘 분배하지 못한 탓이었을 것이다. 어렸을 때부터 약했던 관절과 뼈마디는 더 이상 견뎌내지 못했고, 몸은 불타오르는 의지를 따라가지 못하게 되었다. 무거운 가방이 오랜 시간 무리해서 걷는 다리를 꾸준히 눌렀고, 그 하중을 견디지 못한 무릎이 결국에는 제 역할을 다해버린 것이다. 나는 아예 발걸음을 뗄 수가 없었다. 한 발짝을 떼는 것조차도 어려워서, 함께 가던 순례길 친구들이 내 가방을 둘러멨다. 친구들이 도와주는데도 함께 페이스를 맞추지 못하게 된 나는 결국 일주일 정도 강제 휴식을 취하고 병원 진료를 받기 위해 다음으로 큰 도시인 레온Leon으로 버스를 타고 먼저 이동했다.

레온은 순례길에서 만난 도시 가운데 가장 큰 도시이다. 레온에서 나와 무릎 상태가 비슷한 우크라이나 친구 디마를 만나게 되었다. 디마 역시 남자친구와 함께 온 순례길에서 혼자 부상을 입고 먼저 레온으로 와 그를 기다리는 중이라고 했다. 이것도 인연이라 이야기하며 우리는 꽤 오랜 시간을 함께 보냈다. 함께 밥을 먹고 카페에 가고, 레온 대성당을 보고 공원에서 바람도 쐬었다. 나는 분명 새로 만난 친구와 또 다른 좋은 시간을 보내고 있었음에도, 쉬는 게 아닌 것 같은 찝찝한 마음이 들어 계속해서 스스로 불편하게 만들었다.

몸이 망가진 것에 대한 걱정과 후회도 컸지만, 모두가 걷고 있는 그 길에서 혼자 낙오되어 내가 직접 밟지 못하고 보지 못한 풍경이 있다는 게 너무나도 억울했다. 이러한 생각들은 계속해서 나를 괴롭혔고, 모든 수를 써서라도 재활을 해서 남은 길을 완주하고 싶었다. 무릎을 거의 쓰지 않고 쉬는데도 차도가 없어서 디마와 함께 병원에 들렀다. 가까스로 찾아간 병원에서는 연골 주사를 처방해주며 더 걷다가는 큰일 난다고 일주일 동안은 정말 다리를 쓰지 말라고 했다. 하루라도 빨리 완주를 하고 싶었던 나는 결국 일찍 도착한 시간보다 더욱더 긴 시간을 재활에 투자해야만 했다. 나름의 목표를 잡고 오로지 끈기로 이곳까지 버텨 왔는데 쉽사리 이 여정을 놓고 싶지 않았다. 아직도 남은 길이 까마득하게만 느껴져

서 내 무릎이 너무 원망스러웠다.

하지만 다행히 주사를 맞고, 마사지를 받고 재활 운동까지 마치자, 그다음 저녁엔 눈 깜짝할 사이에 무릎이 멀쩡해져 있었다. 그다음 날도, 또 다음 날도 통증이라고는 느껴지지 않았다. 정말 믿기 힘들 정도로 아리송한 일이었다. 대체 어떤 주사로 거의 앉은뱅이와 같았던 나를 일으켜 주신 건지 신기할 따름이었다. 나는 앞으로 남은 일정 동안 충분히 휴식을 취한다면 함께하던 일행들과의 재결합도 어렵지 않을 거라고 생각해 아주 그냥 신이 났다. 그렇게 레온에서 쉬는 동안 나는 생각보다 빠르게 회복해서 정확하게 일주일 뒤 일행들과 다시 만날 수 있었다.

나와 반대로 똑같은 상황에서 디마는 마음을 평온하게 잘 다스릴 줄 알았다. 디마를 보며 여유로운 마음가짐으로 긍정적인 생각을 가진다는 것이 참 중요하다는 생각이 들었다. 함께 레온에서 쉬는 동안 디마의 좋은 영향을 아주 많이 받았다. 변하지 못하는 상황을 두고 나처럼 끊임없이 불평한다는 것은 지나친 에너지 낭비였다. 또 충분히 만족스러울 때까지 도전하는 것은 중요하지만, 내 몸을 이토록 일부러 혹사하며, 망가트릴 필요는 없다고 느꼈다. 마지막으로 나만의 속도에 대해 생각하게 되었다. 참 후회스러웠던 일 중 하나가, 나에게 알맞은 주행 페이스를 일찍 깨닫지 못했던 것이다. 순례길은 컨디션 조절과 정신력의 싸움이라고 보아도 무방할 정도로 자기 몸과 정신을 관리하는 일이 중요한데, 나는 사실 눈앞에 있는 것만을 보고 과하게 욕심을 부려 그러지 못했다. 인생길로 생각해도 마찬가지다. 나에게 맞는 속도를 무시한 채로 무작정 동행의 속도를 좇는 일은 나 자신에게 독이 되었다.

이곳에서는 모든 이들이 무거운 배낭을 내 삶의 무게라 생각하며 불평 없이 온전히 다 지고 길을 걷는다. 무엇을 위해 고된 길을 걷고 있는지, 각자의 특별한 이유와 함께 말이다. 내가 이곳에 와 있는 특별한 이유가 없을지라도 아름다운 나라를 이렇게 내 다리로 샅샅이 누비며 구석구석을 살펴보고 경험했다는 것만으로도 신이 주신 기회가 아니었을까 싶다. 그렇게 나만의 목표를 다시 다잡고, 나만의 속도에 맞는 인생 속도를 계획하고 그에 맞춰 따라가야 한다는 것을 느끼며 출발할 힘을 얻었다.

청춘의 마지막을 위한 여행

다시금 아려오는 무릎을 테이핑으로 단단하게 고정하고, 진통제로 연명해가며 마지막까지 힘겨운 몸을 이끌고 걸었다. 계획했던 시간보다 훨씬 더 오래 걸렸던 순례길 여정에 최종 목적지였던 산티아고에서 조금 더 많은 시간을 느긋하게 보내지 못한다는 사실이 참 아쉬웠다. 그래도 여차저차 그토록 고대하던 산티아고 순례길의 종착지인 산티아고 데 콤포스텔라Santiago de Compostela 시에 드디어 도착했다. 할 말도 많고 후회도 많은 척박한 길 위의 이야기지만, 오늘만큼은 아무 생각하지 않기로 했다. 이곳으로 오기까지 얼마나 많은 곳을 스쳐왔고, 얼마나 많은 사건, 사고를 경험하며 얼마나 많은 생각이 뇌리를 스쳤는지 채 헤아려 볼 수도 없었다.

시내의 야고보성당 지붕투어를 신청하고 지붕 꼭대기에 앉아서 본 스페인의 모습은 내가 드디어 이곳에 도착했다는 흔적조차 없다는 듯 고요했다. 나와 이 길을 걸어왔던 또 다른 순례자에게는 이토록 가슴 벅찬 마지막 종착지가, 이곳에서 지내는 이들에게는 그저 지나가는 하루일 뿐일 테니. 얼마나 많은 나와 같은 여행자와 순례자가 이 성당을 스쳐 지나갈까? 얼마나 많은 이들이 저마다의 이유를 들어 이 길을 걸을 것이며, 이곳에서 길고 길었던 생각을 끝마칠까? 태양을 등지고 산들바람이 불어오는 곳을 향해 서니 이때껏 해오던 생각의 마침표를 찍을 수 있을 것 같았다.

내가 산티아고 순례길을 걸으면서 가장 크게 느꼈던 것은 사람들이 이곳에 온 이유는 너무나도 다양했지만, 누구나 품은 근본적 열망은 '사소한 행복'을 찾는 것이 아니었을까 감히 생각해본다. 물론 이 길이 갖는 종교적인 의미를 생각한다면 신앙심에 대한 이유가 가장 많을 것이다. 그러나 많은 순례자가 고된 수양의 길 위에서 고난과 힘듦을 겪어내면서 일상의 사사로운 행복과 여유에 감사함을 느끼며 하루를 마무리했을 것이다. 나 또한 매사에 탈 없이, 큰 사고 없이 하루를 마무리할 수 있음에 감사했다.

사실 오랜 시간 걸으면서 내면을 들여다보면, 내 안에 복잡하게 얽혀 있던 고충을 정리도 해보고, 조금 더 마음의 소리에 귀 기울이며, 조금 더 생산적인 생각을 많이 해볼 수 있을 거라고 생각했었다. 이러한 다짐들이 내가 이곳까지 와서 순례길을 걷겠다고 결정한 주된 목적 중 하나였는데, 참 세상은 마음먹은 대로, 계획한

사람들이 이곳에 온 이유는
너무나도 다양했지만,
누구나 품은 근본적 열망은
'사소한 행복'을 찾는 것이 아니었을까
감히 생각해본다.

대로 흘러가지 않는다. 분명히 내면의 나를 돌아볼 충분한 시간이 주어진 것은 맞지만, 생산적인 생각을 할 수 있는 여건이 충분했던 것은 아니었던 것 같다.

그것은 아마도 내가 체력을 안배하며 똑똑하게 걷는 법을 모르는 초짜(?) 하이커여서였을 것이다. 그 바람에 몸과 마음이 너무도 지친 나머지, 나에게 도움이 되는 깊은 생각을 되뇔 수 있었던 기회를 많이 놓친 것 같다. 하루를 마무리하면서 생각 정리는커녕 기록 한 줄 하지 못하고, 매 순간 극심한 고통으로 스스로 내는 마음의 소리를 귀 기울이지 못한 채 녹초가 되어 쓰러지기 바빴다. 그때마다 완주를 빨리 해야 한다는 욕심은 조금만 내려두고, 속도를 더 늦추어서 내 옆에 어떤 풍경이 지나가는지 보고 즐길 수 있었다면 얻는 것이 더 많은 은혜로운 길이 되지 않았을까, 돌이켜 생각한다.

이번 여행을 통해서 조금 더 내가 원하고 추구하는 여행의 방식을 명료하게 찾을 수 있었다. 출국 티켓을 끊어 두었던 스페인 바르셀로나에서 출발해 한국으로 돌아오는 비행기 안에서 머리가 꽤 복잡해졌다. 또 한번의 큰 생각을 하게 된 귀중했던 여행을 마무리하며 이제는 정말 다시 사회로 돌아가야만 할까 고민하기 시작했다. 45일이라는 짧지 않은 시간 동안 울고 웃으며 걷고 뛰었지만, 어딘가가 충분하게 만족스럽지는 않았다. 그래도 주어진 환경에만 순응해가며 소극적으로 살아왔던 내가, 처음으로 무엇인가를 결단하고 정해야 할 여러 가지 갈림길과 상황에서 자기자신에게 결정권의 지휘봉을 쥐어준 여행이었다. 그리고 선택해서 결정한 결과는 후회를 두려워하지 않고 끝까지 책임을 다해 지켜내야 한다는 것을 받아들일 수 있게 되었다. 앞으로 한국에 돌아가서 남은 나의 인생도 결코 계획한 대로만 흘러가지 않을 것을 보다 더 자연스럽게 받아들이고, 잠시 정박한 곳에서도 여유와 행복을 찾을 수 있도록 연습할 것이라 다짐했다.

04

미국 · 희로애락의 7,000km 자전거 횡단

미국
(90일)

- 뉴욕
- 프린스턴
- 필라델피아
- 엘크턴
- 볼티모어
- 워싱턴
- 프레데릭스버그
- 리치먼드
- 버지니아
- 체서피크
- 이든튼
- 로버슨빌
- 로키마운틴
- 골즈보로
- 호프밀스
- 딜런
- 플로렌스
- 샌티
- 캐네이디스
- 예매시
- 마라톤
- 샌더슨
- 드라이든
- 랭트리
- 델리오
- 브래킷빌
- 사비날
- 샌안토니오
- 뉴올리언스
- 피어링턴
- 빌럭시
- 모빌
- 펜사콜라
- 패너마시티
- 홀랜드
- 밸도스타
- 웨이크로스
- 제섭
- 서배너
- 알파인
- 레이얀
- 밴혼
- 토르닐로
- 엘파소
- 레이디엄 스프링스
- 아리
- 힐스보로
- 실버시티
- 덩컨
- 바일라스
- 피닉스
- 위켄버그
- 위든
- 블라이드
- 글레미스
- 에드갈
- 샌디에이고
- 귀국

안전 불감증

2019년 11월의 어느 날, 비극적인 소식을 전해 들었다. 어떤 한국인이 미국 횡단 여행 중 교통사고로 죽었다는 소식이었다. 즉각적으로 '그'가 사고를 당했구나! 하는 생각이 스쳤다. 4년 전, 나는 미국 횡단 동행을 찾는다는 글을 올렸다. 그 글에 있는 메신저 아이디를 그가 우연히 발견한 모양이었다. 늘 SNS로 '미국 무전 자전거 횡단'에 대한 정보를 묻는 사람이 대부분이었는데, 개인 연락처로 연락이 오다니…. 무례한 사람이라는 생각이 들었다. 내가 불쾌감을 드러낼 걸 예상치 못해 당혹스러웠던 것인지, 그제야 그는 자신 없는 말투로 자신이 부산에 사는 아무개라고 소개하기 시작했다. 열과 성을 다해 자신을 설명하던 그의 이야기를 사실은 조금 대수롭지 않게 들었다. 일전에 연락해왔던 분들과 비슷한 열정으로 도전하는 거겠지, 생각하며 다양한 정보를 일러주고, 꼰대마냥 오지랖을 덧붙인 현실적인 조언을 해주었다. 그는 내가 일러준 것들이 소중한 정보가 될 거라고 말하며 상당히 고마워했고, 그 이후에도 종종 나에게 연락을 해서 아직 마땅한 자전거를 구하지 못했다는 둥, 도대체 이 많은 짐을 어떻게 패킹해야 하냐는 둥, 미숙한 진행 상황을 전했었다. 연락을 주고받는 동안 '어떠한 계기가 이 사람이 미국 횡단까지 생각하게 한 것일까?' 하는 오지랖 넓은 의문이 들었지만, 개인적인 질문은 실례일 것 같아 시시콜콜 묻지 않았다.

'2019년 11월 4일 낮 12시 15분경, 미국 횡단 중인 20대 청년 J의 죽음'

이니셜로만 나온 기사를 보고 나는 조심스럽지만 직감적으로 그가 사고를 당했다고 확신하게 되었다. 머리기사로 크게 보도된 것도 아니었는데, 어떻게 그 기사가 눈에 띄었던 것인지. 나와 똑같은 루트로 출발한 그는, 내가 미국에서 하염없이 길을 헤맬 때 그랬던 것처럼 길을 찾다가 어김없이 고속도로로 흘러 들어간 모양이었다. 고속도로에서 이륜차를 타는 것은 미국 내에서도 불법이다. 하지만 미국을 횡단할 때 구글 내비게이션을 이용하다 보면, 거친 환경 속에 더 이상 이어지는 길이 없어 네 번 중에 한 번 꼴로는 고속도로로 길을 알려주기도 한다. 자전거를 타고 있어도 딱히 라이딩 중에 현지 경찰이 제지하는 일이 없어서, 나 역시도 위험을 무릅쓰고 차들이 빠르게 스치는 도로를 달려야만 했던 적이 한두 번이 아니었다. 나는 그 뉴스를 본 즉시 그에게 연락을 취했지만, 하루가 지나고 일주일이 지나고, 시간이 흘러도 결국 답을 받지 못했다.

내 지난 여정을 이야기하면 주변에서는 늘 대단한 여행이었다고 말해주지만, 있는 그대로 이야기하자면 나의 도전 중에 해내지 못할 '무모한 도전'이란 것은 애초부터 없었다. 철저하게 견뎌낼 수 있을 정도의 여행을 했고, 늘 안전과 건강을 최우선으로 생각했기 때문이다. 하지만 J의 경우처럼 예기치 못한 사고의 위험은 곳곳에 있었다. 그럼에도 무모한 미국 횡단을 강행한 데는 이유가 있었다.

내게 닥쳐오는 사건 사고를 미흡하더라도 스스로 헤쳐 나가고 해결해가면서, 걱정 많고 우유부단한 내가 그 속에서 한 걸음 더 성장할 수 있을 것이라고 생각했다. 내 청춘의 도전이 될 미국 횡단이라는 여정을 마음속에 그릴 때는, 이 세상으로부터 자신을 아주 내놓고서라도 직접 그 땅을 밟아 아름다운 자연을 유랑하고 싶었다. 미국에서의 여정만큼은 그랬다. 그 방대한 대륙의 감히 어떠한 단어로도 표현할 길 없는 아름다운 자연 속에, 내가 혹시라도 어떤 불의의 사고로 인해서 생을 마감해야 할 때가 온다면 그저 기꺼이 받아들이자는 생각이 있었다. 아무것도 혼자 해낼 힘이 없던 겁 많은 소녀가 정말이지 그런 각오까지 하게 되었던 것이다. 나의 인생을 제삼자의 입장에서 객관적으로 들여다보며, 스스로

극복해내는 그런 도전을 이뤄보고 싶었다.

눈앞에 닥친 상황이 아니기에 쉽게 이야기하는 것 아니냐고 생각할 수 있지만, 절실했던 그 각오만큼은 진심이었다. 다행히도 운이 조금 좋았던 것인지 살날이 많이 남았던 건지 횡단하는 도중에는 달리는 차가 팔꿈치를 치고 간 아주 경미한 접촉 사고를 제외하고는 안전히 미국을 완주할 수 있었다.

횡단 이후 친한 친구들 사이에서도, SNS상에서도 나에게는 '겁이 없는 여자', '도전적인 여자'라는 수식어가 붙었다. 그만큼 나답지 않게(?) 죽음을 각오하고 떠났던 여정이었다. 예기치 못한 불운

한 상황은 누구와 함께하든, 어느 곳에 있든, 불시에 닥칠 수 있다는 전제하에 무거운 마음의 준비까지 되어 있었기 때문에 두려움은 없었다. 어쩌면 나에게는 절대 그런 일이 일어나지 않을 것이라고 영화 속 주인공 같은 생각을 했던 것인지도 모르겠다.

무작정 시간이 흐르는 대로, 발길 닿는 대로 여행했던 지난 여정과는 달리 스쳐 지나가는 장소를 기록하고, 생각 하나하나 곱씹어 보았던 미국에서의 여정. 뉴욕에서의 출발부터 남쪽 아래 플로리다주의 패너마시티Panama City를 거쳐 서쪽 끝의 샌디에이고까지! 장장 7,000km에 달하는 기나긴 거리를 일주하는 동안 있었던 여러 에피소드와 함께 많았던 생각을 되짚어보았다.

자연의 풍경이 주는 위로

은빛 윤슬이 아름다웠던 허드슨강을 건너 페리를 타고 넘어온 뉴저지New Jersey는 복잡하고 화려했던 뉴욕과는 다르게 평화롭고 아름다웠다. 따뜻한 바닷가에 가족이 모여 앉아 일광욕을 즐기는 모습이 너무 따사로웠고, 코앞에 보이는 푸르른 바다로 당장이라도 바로 뛰어들고 싶다는 생각이 들었다. 해안가를 따라 미국에서의 첫 라이딩을 시작했다. 이게 바로 내가 꿈에 그리던 자전거 여행이 아니었을까?

하지만 순조로울 것만 같던 여행은 출발한 지 얼마 되지 않아 삐그덕대기 시작했다. 안 그래도 잔뜩 가져온 짐에 장을 본 비상식량까지 더해져 짐은 더할 나위 없이 많아졌다. 멀리서 누가 보더라도 내 행색은 자전거 여행자였으며, 거의 집을 이고 다니는 사람처럼 자전거 거치대에 짐이 가득했다. 단단하게 고정시켰다고 생

각한 짐은 거친 비포장 샛길을 덜컹거리며 지날 때마다 위태위태하게 흔들렸다. 아니나 다를까 속력을 줄이지 못하고 빠른 속도로 방지턱을 넘는 순간, 거치대가 하중을 견디지 못해 출발한 지 채 30분도 되지 않아 그만 주저앉아버렸다.

보수를 하기 위해 그늘 밑에 잠시 자전거를 세우고 주저앉은 렉을 살펴보았다. 약한 카본 프레임인 본체에 연결 구멍을 뚫을 수가 없어 안장에다가 살짝 걸어 둔 것이 충격으로 비틀어져 있었다. 아주 용감하고 당차게 출발했던 터라, 얼마 달리지도 못하고 이러한 사태가 발생한 것이 조금 당황스러웠다. 자전거 수리용 동영상들을 '정주행'했다고 자신만만했었는데, 그러한 생각은 과대평가였다. 자가 정비를 위한 준비는 너무도 미흡했다. 시간이 많이 지체되어서 결국 급하게 응급처치를 하고 근처에 있는 자전거 수리점을 찾았다.

날씨가 너무 덥고 잔뜩 긴장한 탓에 갈증이 나서 근처에 있는 패스트푸드점에서 탄산음료를 먹으며 자전거가 수리되기를 기다렸다. 시원한 얼음을 와그작 씹으며 긴장을 늦추고 오늘 목적지까지 남은 거리와 시간을 계산했다. 에어컨 바람과 얼음의 시원함을 누리던 것도 잠시, 몸의 컨디션이 평소와 같지 않다는 것이 느껴졌다. 엎친 데 덮친 격으로 첫 출발에 너무 들뜨는 마음과 예상치 못한 사고에 경황이 없던 나머지, 내 몸이 보내는 이상 신호를 인지하지 못했던 것이다.

첫날 세운 라이딩 계획은 반드시 지키고 싶은 마음에 오로지 나의 초점은 오늘의 목표 지점이었던 프린스턴Princeton까지 '어떻게 잘 마무리할 수 있을까?'에만 맞춰져 있었다. 그래서 몸이 아픈지도 모른 채 고장 난 자전거를 수리하느라 지체된 시간만 걱정했던 것이다. 이후의 계획을 전체적으로 수정해야 했고, 여기에 컨디션도 따라 주지 않아 여정의 첫날부터 많은 것들이 삐걱거리는 것만 같아 근심이 커졌다. 자전거가 수리되고, 상황이 어느 정도 수습되었을 땐 이미 저 너머로 해가 지고 있었다. 그래도 애써 '하루를 잘 마무리할 수 있을 거야'라고 마음을 다잡으며 서둘러서 해가 지는 방향으로 다시 출발했다.

여정의 시작은 험난했지만, 어느 순간부터 같은 미국이 맞나 싶을 정도로 평화롭고 고요한 느낌이 드는 익숙한 시골의 풍경이 보였다. 흐드러진 분홍빛이 만연한 갈대숲과 평온하게 흐르는 시냇가를 유유자적 떠다니는 오리 떼. 그냥 지긋이 내려다보는 것만으로도 힐링이 되는 듯한 아름다운 자연을 보며 바쁘고 고단했던 머릿속이 많이 정리되었다. 뜨겁게 내리쬐는 오후의 햇살 한 줌이 나무가 빼곡한 작은 오솔길에 아스라이 흩뿌려졌다. 이미 지체될 대로 지체된 상황이라 예정된 시간 안에 계획한 장소에 도착하긴 틀린 것 같았고, 기왕지사 늦은 마당에 지나치는 풍경을 놓치고 싶지 않은 마음에 하나하나 멈추어서 구경했다. 지금 내 앞에 나타나는 모든 풍경이 마치 동화《이상한 나라의 앨리스》에서 앨리스가 겪게 되는 낯설고 아리송한 세계 속의 풍경처럼 느껴졌다. 내가 한국에서 살아가고 있는 세계와는 어딘가 다른 이질감이 들었다. 그 순간의 풍경은 정말이지 잊을 수 없을 것이다. 아직도 그 모습이 미국 시골 영화처럼 짧은 영상으로 머릿속에 박혀 있으니 말이다.

세상의 길 위에서 만난 친구들
: 웜샤워

미국 횡단을 자전거로 한다는 것은, 내가 가장 고려하던 기간의 문제나 그 외 체력상의 문제 등을 한 번에 해결해준 획기적인 대안이었다. 나는 SNS와 이메일을 통해 자전거로 미국을 횡단한 사람들을 찾아 연락을 시도했고, 우여곡절 끝에 연락이 닿은 사람들에게 그들의 다양한 도전 이야기를 들으며 나의 미래도 꿈꾸었다.

나름의 사회생활을 하며 피곤과 스트레스로 절어있던 정신과 바짝 마른 동태 같았던 내 눈은, 새로 주입된 간접 경험들로 다시금 반짝거리고 있었다. 도전한 사람들의 조언과 준비 과정을 들으며, 장거리 자전거 여행에 대한 모든 정보를 수집했다. 그렇게 처음 알게 된 것이 '웜샤워Warmshowers'라는 플랫폼이었다. 자전거 여행을 오랫동안 한 사람이면 모르는 분이 없는 웜샤워는 미국 횡단을 시작하기 전에 내가 생각하기에 반드시 알아두어야 하는 필수

플랫폼이다. 웜샤워는 주로 금전적으로도 시간적으로도 빠듯하게 일정을 보내는 자전거 여행자들에게 따뜻한 샤워라도 할 수 있게, 잠시라도 몸을 뉠 수 있는 곳을 제공해주는 커뮤니티이다. 웜샤워는 나의 여행에서 가장 큰 도움을 주었다. 비슷한 플랫폼으로 '카우치 서핑Couch Surfing'이 있었는데, 대부분의 웜샤워 호스트는 도착한 그날의 저녁과, 출발하는 다음 날 아침까지 챙겨준다는 차이가 있었다.

뉴욕에서부터 플로리다까지 남쪽으로 내려올 때의 여정에서 가장 행복했던 상상은 오늘 처음 만날 호스트 가족의 모습, 함께 맛있고 따뜻하고 감사한 저녁이 차려진 식탁의 모습이었다. 어떤 호스트는 라이딩을 하면서 먹을 다음 날 점심과 에너지바와 같은 간식까지 손에 쥐여 주었다. 이렇게 만난 호스트 덕분에 큰 계획 없이 출발한 여행이었음에도 식사나 잠자리를 크게 걱정하지 않으며 여행할 수 있었다.

매번 라이딩을 하면서 사실 가장 예측하기 힘들었던 부분 중 하나가 밥을 어디서, 어떻게 해결해야 하는지였다. 내 일정표는 대략적인 루트만 표시해 두었기에 아주 두루뭉술했고, 내비게이션이 안내하는 난생처음 보는 길을 가는 것이었기 때문에, 나는 전혀 예측할 수 없는 일정을 매일 달릴 수밖에 없었다. 그래서 호스트 집에서 점심까지 손에 쥐고 나올 수 있던 날은 정말 재수가 좋은 출발이라고 생각하면서 오전 시간 내내, 점심밥을 기다리는 라이딩을 했다. 내가 떠난 후 그날 내게 할당된 라이딩할 때의 안녕을 걱정해주는 호스트에 대한 고마움으로 가득한 점심밥이었기 때문이다. 그들은 어떠한 연유로 나를 도와준 것이며, 어떻게 낯선 사람인 나를 흔쾌히 집으로 들일 수 있었던 것일까?

미국 여정은 웜샤워를 빼놓고 이야기하기 힘들 정도로, 나는 거기서 소중한 인연을 여럿 만났다. 그들은 머나먼 한국에서 온 비쩍 마른 여자애가 자신들의 나라를 횡단하고 있다는 것을 아주 신기해하며, 여행하는 동안 어떤 풍경과 사람들을 만났는지 궁금해했다. 그들은 어떠한 이유가 나를 이곳으로 이끌었고, 어째서 대가 없는 무모한 도전을 하고 있는지를 물었다. 나는 인적 드문 시골집을 지나가는 말동무가 되어 그들이 궁금해하는 나의 이야기를 들려주었고, 그들과 다양한 주제의 이야기를 나누면서 각자의 터전에서 자기만의 방식으로 살아가고 있는 새로운 인생의 이야기들을 들었다. 덕분에 내 인생의 여러 많은 고민도 정리해보고 짚어볼 수 있었다.

서로 팔찌를 만들어 주며 다음 만남을 기약하고, 자신의 손녀를 보듯이 즐거워하던 조지와 브리짓, 근처 국립공원을 다녀오고 싶다는 말에 흔쾌히 자신의 차를 내어준 스티브, 로즈마리 해변 축제에서 처음 만나, 가족과 휴가를 온 프라이빗 별장으로 초대해준 마이클. 이렇게 한 사람 한 사람에게 고마웠던 순간을 나열하자면 끝도 없다. 단 한 가지, 이별의 순간에 느꼈던 아쉬움의 감정은 모두

No pain, No gain

GEE SISTER

GEE SISTER
RIDE BIKE IN USA

에게 같았다.

내가 탄 자전거가 시야에서 멀어질 때까지 안녕을 빌며 계속 손을 흔들어주던 그들의 모습이 아직도 잊히지 않는다. 인종차별에 대한 걱정으로 여정을 출발한 뒤에도 한참을 경계했었지만, 생전 처음 보는 나를 누구보다 따뜻하게 맞이해 주고 음식을 내어주던 친절한 호스트들에게 어떻게 이 감사함을 전부 보답할 수 있을까? 금은보화보다 값진 말로 남은 여정을 격려해주는 그들을 만난 것은 정말 큰 행운이었다고 생각한다.

이렇게 나의 여정은 하루하루 새롭게 만나는 좋은 인연과의 끈을 단단하게 매듭지어 주었다. 절대 나 혼자만 열심히 자전거를 타서 만든 여행이 아니다. 많은 사람에게 받은 감사한 도움의 손길들로, 무너지고 견디기 힘들었던 매 순간에 내 마음을 다시 한번 다잡고, 한층 더 강인해질 수 있었던 것은 아닐까? 정신없이 달리는 그 길 하루의 끝에는 언제나 새로운 만남이 있었고, 흔쾌히 나를 맞이하는 호스트들에게 사소한 것 하나하나 감사함으로 가득했던 긍정적인 생각이 있었다. 회복이 제대로 될 턱이 없는 몸을 이끌고 매일 같이 100km가량 페달을 밟아야 하는 똑같은 일상이 반복되었지만, 하루의 끝에 새롭게 만났던 그들 덕분에 나는 항상 행복하고 풍족하게 하루를 마무리할 수 있었다.

내가 가는 길 매 순간마다 그들의 도움이 없었다면, 과연 스스로 장기간의 여정을 성공적으로 해낼 수 있었을까? 과연 극한의 고독함과 외로움으로 가득했던 순간을 잘 이겨낼 수 있었을까? 내 여정의 원동력이자, 가장 폭발적인 힘을 내어 준 연료 95퍼센트 이상은 분명 호스트들과의 잊지 못할 추억이었다.

수박
향기

여행지를 가든, 일상의 순간이든 동영상으로 많이 남기려고 하는 편이다. 영상을 다시 돌려 볼 때면 내가 그 당시에 어떤 생각을 했는지, 어떤 느낌을 받았는지 조금 더 생동감 있게 다가온다. 가슴 깊숙한 곳에서 몽글몽글 끓어오르는 그때의 벅찼던 순간들. 저 넓은 대지를 달리며 두근거렸던 내 심장이 공유되는 것 같은 느낌이다.

음성 녹음과 비디오 리코딩, 사진 이외에 또 하나의 나만의 여행 기억법 중에 '오감 기억법'이 있다. 무수한 자연을 여행한 내 기억은 오감으로 남아있다. 시각, 촉각, 청각, 미각, 후각. 사람이 가진 다섯 가지 감각을 모두 이용해서 나의 여행 전부를 흐릿한 기억 속에 조금이라도 생생하게 오랫동안 담아두려고 노력했다. 한 번씩 눈을 감고 그 날의 아련한 기억을 떠올려본다. 그러면 오감이 살아나면서 특정 지역과 특정 사람, 특정 음식이 섬세한 감각과 함께 다시금 선명하게 떠오른다. 그렇게 나는 순간순간의 느낌을 여러 가지 감각을 통해 더욱 구체적인 느낌으로 명사화시켜 기억 속에 담아두려고 한다.

그중에 후각으로 기억하는 에피소드가 있다. 레인보우 깃발이 걸린 작고 아담한 집에 사는 게이 부부와 인연이 된 바둑판 도시 필라델피아를 지나, 그다음 목적지인 윈체스터Winchester에 있는 블랙스네이크Blacksnake라는 작은 마을을 향해 갈 때의 일이다. 어찌 된 일인지 평지가 하나도 없는 길이었다. 가도 가도 끝이 없는 오르막과 내리막을 계속 반복하다 보니 허벅지가 조여 오는 근육통에 괴성을 질렀다. 앞으로 푹 숙인 자세로 몇 날 며칠을 쉬지 못하고 자전거에 올라서 그런지, 멀쩡했던 손목까지 이 고된 순간을 채 적응하지 못하고 욱신거리며 말썽이었다. 일주일 정도 지난 여정의 초반 길이라, 아직 내비게이션 없이 방향만 보고 효율적으로 길을 찾아내는 일에 미숙했다. 오늘 묵을 곳을 찾아 건물같이 생긴 것도 보이지 않는 길을 헤매며 긴가민가 숲길 한가운데를 조심스레 지나는 중이었는데, 너무 인적이 드문 곳이라 약간은 긴장이 되었다. 데이터 신호가 잡히지 않아 먹통이 된 휴대전화는 결국 나를 오늘의 웜샤워 목적지까지 안내해주지 못했다. 나는 그저 축축하고 안개가 가득한 숲에서 이상하리만치 비슷한 자리만을 빙글빙글 돌며 한참을 맴돌고 있었다.

얼마나 지났을까? 어느 순간, 숲속의 차갑고 상쾌한 공기 사이로 아주 달콤한 수박 향기를 맡았다. 물 많은 과일을 잘 소화 못 하는 탓에 한국에서는 수박을 생전 먹지도 않았는데, 그때는 어찌 그리 생각이 나던지. 이가 시리도록 시원한 수박 한입 크게 물어 그날의 찌는 듯한 더위와 긴 라이딩으로 인한 갈증을 해소하고 싶었던 것일까? 너무 습하고 무더운 날씨였지만, 꿈만 같이 시원하고 달콤했던 수박 향기가 코끝에서 계속 맴돌았고, 나는 무엇인가에 홀린듯이 향기의 근원을 찾고 있었다.

그 향기가 희미해질 때쯤, 오늘 묵기로 했던 집의 호스트 노마가 구세주처럼 반대편 숲속에서 안개등을 켜고 나타났다. 잠깐 나를 도와주러 하늘에서 내려온 요정이 아닐까 하는 생각까지 들었다. 노마는 나의 자전거에 한가득 실린 짐을 보고는 단번에 내가 웜샤워 여행자임을 알아채고 먼저 아는 척을 하며 반갑게 인사를 해왔다. 혹여나 오늘 묵을 호스트 집을 찾지 못하는 것은 아닐까 걱정하던 찰나에 안도의 한숨을 내쉴 수 있었다. 분명 나는 그녀를 오늘 처음 보았지만, 왠지 할머니 댁에 놀러 온 손녀가 된 것처럼 참 편안했다.

나는 아무런 인적이 없는 숲 한가운데 있는 '요정의 집'에서 이틀을 묵게 되었다. 노마의 집에서 느낀 새벽녘의 자욱했던 안개와 차가운 이슬이 좋았고, 연둣빛 숲의 싱그러움이 좋았다. 주황빛의 다이아몬드가 아름답게 부서지는 듯한 햇살을 맞으며 테라스에 앉아 노마와 톰이 도란도란 이야기하는 그 분위기가 좋았다. 손녀를 돌봐주는 것과 같은 마음으로 너무나도 아늑하고 따뜻한 집을 내어준 두 사람, 내가 떠날 때 눈물까지 글썽이며 진심으로 앞으로의 안위를 걱정해주던 그들의 따스한 손길을 잊지 못한다.

둘째 날 저녁, 두 사람과 달빛 어스름한 시간에 식탁에서 이야기를 나누었다. 각기 다른 곳에서 평생을 살아온 우리에게 과연 어떠한 공통된 주제의 이야기가 있었겠는가? 그저 서로가 살아왔던 인생에 관해 이야기 나누며 앞으로의 행복을 위한 삶의 지혜를 나누는 것만으로도 유익했던 시간이었다. 나는 노마와 톰을 만났던 그때 그곳을, 처음 내가 그녀를 만났을 때 맡았던 수박 향기로 기억하고 있다. 그 기억이 강렬하게 내 안에 남아 그 순간을 그리워할 수 있는 이유는 눈을 감으면 느낄 수 있는 그날의 향기 때문이다. 오감으로 기억한 순간의 기억들은 눈을 감는 순간 다시금 나를 그 신비로웠던 노마와 톰의 집으로 데려간다.

New Recording
No.3

미국을 달리던 중간에 생각나는 심경의 변화라든가, 마주했던 다양한 자연을 보며 느꼈던 감정을 그때그때 기록하는 것이 힘들어 목소리로 녹음을 해두었다. 그때 그 파일들을 쭉 들으며 내가 그 당시에 느꼈던 감정을 하나씩 떠올려보았다. 마음을 다잡는 방법 중에 하나라고 할까? '후각 기억법'과 함께 사용했던 또 다른 기록의 방법이다. 여행하는 동안 짧은 영상과 녹음으로 여정을 메모해두었는데, 하루를 일기처럼 짧게 녹음해둔 이유는 내 모자란 기억력으로 이렇게 긴 여행의 순간과 내 감정을 모두 기억할 수가 없을 듯했고, 간략하게라도 기록해둔다면 나중에 되새길 때 조금이나마 도움이 되지 않을까 싶었기 때문이다. 일기나 짧은 끄적거림처럼 하루를 그날그날 메모하는 것이 가장 정확한 기록일 수 있었겠지만, 사실은 라이딩 일정이 너무나도 고되어서 하루를 마무리하려고 누운 밤에, 다시 가방을 뒤져 펜과 종이를 꺼낼 정도로 부지런하지는 못했던 탓도 있다.

좁디좁은 텐트 안에 누워 휴대전화의 녹음 버튼을 누르고 오늘의 소감을 담을 때는 적잖이 피곤함을 느끼며, 썩 편하지 않은 자리 때문에 뒤척일 때마다 침낭이 바스락거렸다. 녹음 파일에는 그 소리와 바로 귀 옆에서 들려오는 풀벌레 소리까지 전부 고스란히 담겨있다. 내가 자리 잡고 누워있던 자연에서의 여러 가지 조용한 백색 소음과 생생한 현장의 느낌이 이보다 더 정확하고 섬세하게 남겨질 수 있을까? 글로 아무리 자세하게 묘사한다고 하더라도, 그때의 그 잊지 못할 분위기를 100퍼센트 담을 수는 없었을 것이다.

지금 그 당시의 녹음 파일을 듣고 있으면 그때 당시에는 눈치채지 못했던 주변의 소리가 여럿 들려오면서 그때와는 또 다른 깨달음을 얻는다. 아직도 내가 다시 그 여정의 한가운데 있는 것만 같은 느낌에 전율이 일기도 한다. 지금 열중하는 바쁜 일상에 잠시 잊혀 망각의 방 어딘가에 조용히 자리하고 있던 그때의 열정 가득했던 감정이 몽글몽글 솟아오른다. 소리가 들리는 그때 그곳, 고된 하루의 끝에 도착한 시골의 작은 마을, 내 한 몸을 조용히 뉘었던 그곳은 과연 어디였을까?

정확하게 어디인지도 기억 나지 않는 이름 모를 그곳에서 내가 라이딩을 하던 중에 마주했던 그 풍경을 보며, 우연히 스치는 생각을 놓치고 싶지 않아서 바로 핸드폰을 꺼내들고 녹음 버튼을 눌렀다. 귀를 스쳐가는 강렬한 바람 소리와 뜨거운 여름날의 풀벌레 소리, 자전거의 체인이 딸깍딸깍 돌아가는 소리가 함께 일정한 박자를 이룬다. 다시금 그날을 상상하며 무더운 미국 한가운데에서 달리고 있는 나를 발견한다.

녹음 파일 속의 나는 자전거를 타느라 숨을 뱉기도 힘들어 거칠게 숨을 몰아쉬며, 정리되지 않은 생각을 두서없이 이야기하는 중이다. 나는 그 목소리를 듣는 그 순간에 내가 어떤 이야기를 하고자 했는지 대번에 상기할 수 있었다. 그때의 내가 느꼈던 그 감정을 지금의 나와 공유하며, 읊조렸던 내 마음을 텀을 두고 대략 정리해볼 수 있는 것이다.

그렇게 녹음해 둔 여러 개의 파일 중에 숲을 보는 사람과 나무를 보는 사람에 대한 내용을 담은 'New Recording No.3'이라는 제목의 파일이 가장 기억에 남는다. 라이딩 중에 손을 뻗어 바람을 느끼며, 울창한 숲의 큰 그림뿐만이 아닌, 그 숲을 구성하는 한 그루 나무를 보려고 노력했다. 빠르게 지나치는 순간의 풍경을 내 마음과 머릿속에 속속들이 넣어두고 싶어서.

보통은 나무를 보지 말고 더 큰 숲을 보라고 한다. 바로 앞에 놓인 사소한 상황보다 앞선 큰 미래를 생각하라는 것이다. 사사로운 것에 이리저리 휘둘리지 말고 큰 그림을 그리라는 것으로 이해할 수도 있겠지만, 나는 조금 다르게 생각했다. 사실 그 거대하고 무성한 푸른 숲을 이뤄내고 있는 것은 각각의 개성이 뚜렷한 나무이지

않은가. 나는 이러한 수만 가지의 다양성을 무시할 수는 없다고 생각한다.

눈앞에 보이는 스쳐가는 나무들에 눈길을 주는 것, 그러한 것 역시도 인생에 필요한 제스처라는 것. 그것이 내가 숲을 지나치며 몇 초간 했던 짧은 생각이었다. 눈앞에 보이는 장면에 머릿속을 스치는 생각은 그때 그 장면을 마주하고 있었기 때문에 들었던 사소한 생각이며, 지나고 나면 기억에서 쉽게 잊히고 다시 돌아보지 못하게 될 가능성이 크다.

하지만 이렇게 사소한 생각이더라도 한 번 더 되짚어 보았다는 사실만으로, 나의 이상향이나 내 자아를 형성하는 평균적인 분위기를 정확하게 파악하는 데 도움이 되었다. 과거에는 치부가 드러나는 것만 같은 마음에, 채 돌아보지 못하고 알려고 하지 않았던 당시의 생각과 감정까지도 객관적으로 들여다볼 수 있었다. 오감을 이용하는 것도 여행의 느낌과 분위기를 기억하기에 좋은 방법이었지만, 스치는 나의 생각을 녹음해 놓는 것 역시도 참 좋은 여행 기억법이었다.

결코 아름답지 않은 이야기

사실 내가 '미국 무전 자전거 횡단'을 혼자서 해낸 것은 아니다. 이렇게 감격스러운 도전에는 3개월 동안 동고동락한 동행이 한 명 있었다. 그리고 그 친구는 더 이상 내 인생의 페이지에 없는 사람이 되었다. 7개월 남짓한 시간 동안 여정을 준비하며, 기나긴 도전을 함께 이루어 낼 동행을 구하던 시기에 우연히 알게 된 친구였다. 그 친구와는 두 달 정도 서로에 대해서 알아가는 시간을 가졌었다. 그리고 한 달 정도 함께 높은 산으로 백패킹을 다니면서 '미국 자전거 횡단 사전 훈련'이란 것을 했다(사실 사전에 장거리 자전거 라이딩 훈련을 해야 했지만, 전혀 연관 없는 하이킹을 하며 체력 단련을 한 것은 조금 아이러니하다. 캠핑에 중독되어 버린 그 시기에 주말마다 뛰어나가려는 핑곗거리라고 생각한다). 참 착하고 나랑 가치관이 잘 맞는 동생이었다. 짧은 시간의 만남이었지만, 나만큼 열정이 가득했던 그 친구를 참 아끼

고 좋아하게 되었다. 곧바로 그 친구와 함께 장장 3개월의 긴 미국 무전 자전거 횡단을 함께하기로 결정했다.

구름 한 점 없는 맑은 날씨, 따사로운 햇볕의 행복한 온도를 함께 느끼며 흐린 날씨, 태풍이 부는 거센 바람, 살갗이 따갑도록 몰아치는 비를 우리는 함께 이겨냈다. 그렇게 하루 24시간을 붙어 지내며 모든 희로애락을 함께 나누었다. 하루는 해가 어스름하게 질 무렵, 그날의 라이딩을 서서히 마무리하면서 저녁으로 맛있는 닭백숙(캔으로 된 1불짜리 치킨 수프를 사서 3불짜리 식어 빠진 프라이드치킨을 넣은 고단백의 특식!)을 해 먹기로 했었다. 식사와 함께 곁들일 맥주를 상상하고는 누가 먼저라 할 것도 없이 힘을 얻어 열심히 페달질을 하던 그때의 기억이 여전히 생생하다.

그렇게 오랜 시간 타지에서 몸과 마음이 지쳐가는 도전을 하고 있었지만, 우리는 서로의 시너지가 되어 하루하루를 너무도 만족스럽게, 그리고 성공적으로 만들어냈다. 내가 상상으로만 꿈꾸던 그 가슴 뛰는 여정을, 이 친구와 함께 조금씩 완주해 가고 있다는 사실이 참 감사했다.

하지만 찰떡같이 죽이 잘 맞는 인연이라는 게 그렇게 말처럼 쉬웠겠는가. 출발한 지 일주일쯤 되었을까? 들뜬 꿈을 마음에 품고 출발했던 며칠 전과는 달리, 그 친구와 나는 자전거를 타는 내내 서로 말이 없었다. 거의 출발하자마자 바로 트러블이 생긴 셈이다. 처음 하는 도전에 체력 소모가 심했던 나머지 생각보다 너무나 사소한 이유로 우리의 여정은 계속해서 삐딱선을 탔고, 끝끝내 미리 세워두었던 장기간의 계획에까지 차질이 생기게 되었다. 고된 일정을 소화해내기 위해서 둘 중에 어느 누가 노력을 게을리했겠는가? 하지만 체력 저하와 함께 온 스트레스와 피곤함은 각자를 본인의 상태와 감정 기복에만 초점을 맞추게 했다. 갈수록 점점 지쳐가는 상황에서 서로를 배려하는 마음이 사라지면서 우리의 관계는 더욱 악화되었고, 서로 각자의 힘듦만을 이야기하는 지경에 이르게 되었다.

예상치 못하게 생기는 루트 수정에 대한 내 입장과 그 친구의 입장은 좀처럼 좁혀지지 않았고, 지쳐가는 체력과 쌓여가는 피로함 때문에 갈등이 생길 때마다 점점 더 타협점을 찾기가 힘들었다. 사소한 이야기에도 둘 다 예민하게 반응하게 된 것이다. 의견을 낼 때 서로를 배려하고 타협하며 추가적인 감정 소모가 덜했더라면 라이딩으로 인한 심신의 고됨이 조금은 완화되지 않았을까? 장거리 횡단을 할 때 가장 힘들었던 요소는 체력적인 게 아니라, 바로 이렇게 이견을 조율하는 과정에서 생겼던 동행과의 감정적인 소모였던 것 같다.

어쩌면 내 인생 다시 지나칠 수 없을 길인데, 힘차게 페달질을 하면서도 자주 눈물을 흘렸다. 미국의 풍경이 잘 기억나지 않는 때는 이제와 생각해 보니, 남모를 마음고생에 눈에 흐릿함이 가득했던 순간이었다. 우리의 얼굴을 새긴 펄럭이는 깃발과 태극기를 달고 힘차게 시작했던 첫 페달질, 첫 마음을 여정의 끝까지 마음에 새기고 있었다면, 우리는 아마 아직 함께이지 않았을까?

여정을 마무리하고 한국으로 돌아와서도 그 친구와의 인연을 이어나가기 위해 무던히도 노력했다. 그리고 나는 아무리 노력해도 사람의 인연이란 것을 이어지게 할 수도 끊어지게 할 수도 없다는 것을 오랜 시간이 흐른 뒤에야 깨닫게 되었다. 꿈같이 찾아왔던 그 인연은 1년 반이라는 시간 이후, 아무 일도 없었다는 듯이 완벽하게 끝나 버렸다. 특별한 이유가 있다기보단 자연스레 멀어지게 되었다. 꿈에 그리던 여정을 함께 만들어 냈다는 이유로 오랜 시간

쉽사리 끈을 놓지 못했던 인연이었다.

미국 횡단의 여정은 분명히 앞으로 내 인생을 스스로 돌아보았을 때, 아주 자랑스럽고 잊지 못할 꿈만 같은 청춘의 도전이었다. 하지만 아쉬움이 가득하기도 한 결코 아름답지만은 않은 이야기이다. 지워내고 싶은 기억 때문에 참 의미 있는 여정을 인생의 페이지에서 송두리째 비워내 버릴 수는 없었기에, 아직 그 친구가 회자될 수밖에 없는 경우가 종종 생기긴 한다.

우리는 서로 없어서는 안 되는 버팀목 같은 존재로 의지하고 북돋아가며 자랑스러운 여정을 함께 했다. 그늘 하나 없는 뜨거운 태양이 내리쬐는 오르막에서 열심히 페달을 밟으며 함께 목청껏 무반주 노래를 부르던 그 순간이 아직도 마음속에 진하게 남아 문득문득 떠오른다. 하지만 이제는 더 이상 그 순간을 쓰라려하지 않을 것이다. 그저 잊지 못할 여러 여행 중 하나의 추억으로 남겨두려고 한다.

텍사스, 가장 고되고 가장 완벽했던 나의 라이딩

지독한 자존심상 끝까지 인정하고 싶지 않았지만, 확실히 처음보다 내 컨디션이 저하된 것이 느껴졌다. 텍사스까지 들어왔다는 것은 총 라이딩 거리가 4,000km가 훌쩍 넘었다는 것이니, 그간에 근육 피로도가 얼마나 높아졌을지 가늠이 되었다. 어느 것 하나 어려움이 적당해서 잘 견뎌낼 수 있는 상황이란 없는 것 같았다.

텍사스의 사막 한가운데 갈림길 하나 없이, 지나가는 배경마저 비슷한 끝없는 직선 도로를 달리면서 집중력도 바닥이 났다. 몸을 뉠 작은 그늘 하나 보이지 않는 태양 아래, 더운 날씨도 한몫했지만, 물이 금세 바닥이 나고 수급하기는 힘들었던 탓에 충분하게 수분 공급이 되지 않아 갈증이 쉽게 가시지 않았다. 소도시가 밀집한 동부에서 라이딩할 때는 하루 평균 100km 이상을 달렸는데, 여기서는 그때보다 훨씬 더 짧은 거리인 80km 남짓한 거리만 가도 금

방 정신이 혼미해지곤 했다. 콸콸콸 목구멍 한가득 마실 물을 넣지 못한 탓이었다. 싣고 온 물이 떨어지면 달려도 달려도 보이지 않는 마을까지 극도의 갈증을 참고 달렸다.

적절한 영양 섭취가 되지 않아 폭발적인 에너지를 낼 수 없었던 것도 큰 문제 중 하나였다. 라이딩 중에는 일주일치 건조식량이나, 레토르트 식량 정도를 한꺼번에 들고 다녔다. 그 식량이 동이 나면 날짜를 맞추어서 지나던 마을의 근처 마트나 작은 가게에서 필요한 식료품과 물을 구했는데, 예상하지 못한 텅 빈 마을을 만나면 그마저도 제대로 사기 힘든 경우가 많았다. 그 흔한 편의점 하나 볼 수 없는 사막에서 제대로 된 식사는 꿈도 꾸지 못할뿐더러, 에너지를 낼 수 있는 양질의 음식을 섭취한다는 것은 정말 하늘의 별을 따는 것과도 같은 일이었다.

이곳저곳 삭신이 쑤시는 것은 예삿일이었다. 장기간의 라이딩으로 아려오는 손목과 계속되는 압력에 밀려 따가워지는 손바닥 때문에 늘 목장갑이 필수였는데, 구부정한 허리로 오랜 시간 핸들을 잡아서인지 노곤한 밤을 보내고 일어나면 아침에 손이 퉁퉁 부어 마디마디가 너무도 아려왔다. 처음에는 힘들지 않다고, 이 여정을 즐겨야만 한다고 스스로 주문을 외워가며 마음을 단단하게 붙잡고 있었지만 어느샌가 풀려버린 의지의 차이도 있었다. 타는 듯한 목마름과 빠듯하게 조여 오는 허벅지의 근육통을 유독 못 견딘 것은 이러한 이유들 때문이 아니었을까?

길을 안내해주던 내비게이션 속 언니는 이미 목소리를 잃은 지 오래다. 물론 인터넷이 터지는건 기대도 안 했지만, 넓디넓은 텍사스의 사막에서 미약한 인터넷 신호조차 찾을 수 없다는 사실을 몸소 깨닫게 되니 조금 아쉬웠다. 이미 나는 휴대전화와 인터넷이라는 현대 문물에 잔뜩 절여진 인간이었던 것이다. 그래도 광활한 텍사스를 데이터 없이 달리면서, 그 덕에 조금 더 나 자신에게 집중할 수 있었다.

데이터 고립이라는 지금 이 상황을 불편하다 생각하지 않고 차라리 처음부터 받아들이자고 마음먹으니, 오히려 아무런 신경도 쓰이지 않고 홀가분한 기분이었다. 내가 이곳에서 처한 모든 상황은 내 몸 상태와 변화를 보다 더 민감하게 느끼고 알아챌 수 있게 만들었다. 내 다리가 보내는 힘듦의 신호에도 즉각적으로 반응하며 충분히 휴식을 취하고 갈 줄 알게 되었고, 멋진 풍경을 보고 환호하며 두근거리는 심장의 떨박질에도 귀 기울일 줄 알게 되었다. 여정 중에 가장 힘들었던 텍사스 라이딩을 그렇게 어떤 주보다 특별하고 황홀하게 견뎌냈다. 문명에서 한참이나 떨어진 이곳을 욕심 없이 달리는 것이 나의 목적이었는데, 주위의 경관이 혼자 보기 정말 눈물 날 정도로 아름다워서 가끔 내가 이곳에 와 있다는 것조차 실감하지 못했다. 거대한 자연 속에서 나는 작디작은 미물이었다.

보통 이곳에서는 100km가 넘는 구간을 좌회전 우회전 없이 직진으로만 달리기 때문에, 오늘 얼마나 직진만을 한 건지 가늠이 되

지 않는다. 따뜻하게 붉어진 기운에 고개를 들어보니, 어느덧 왼쪽 능선 너머로 태양이 지고 있었다. 서둘러서 주위를 살피고 도로 가드레일 안쪽으로 자전거를 기대어 세우고는, 레일 안쪽으로 들어가서 마른 풀밭 아무 데나 텐트를 설치했다.

오늘도 숙소는 차디찬 텍사스 사막의 맨바닥이다. 힘들게 지고 다니는 캠핑 장비들을 사막 한가운데 탁하고 펼쳐 자연 속 한 켠에 내 집 하나 마련하는 데 걸리는 시간은 단 3분. 장거리 라이딩으로 힘들었을 텐데 편안한 숙소를 발견하지 못해 참 안타깝다고 생각할 수도 있지만, 이곳은 그 어떤 칠성급의 호텔과도 비교할 수 없는 최고급 뷰의 숙소다. 앞으로는 끝도 없이 펼쳐진 사막과 저 멀리 태양이 어둠에 식어가고 있고, 뒤로는 기괴하게 솟아 있는 기암 언덕이 노을빛을 받아 붉게 타오른다. 어느 하나 빼놓고 이야기할 수 없는 황홀한 자연 테라스다. 그 흔하디흔한 가로등 하나 없는 탓에, 텍사스의 칠흑 같은 밤하늘에는 내 텐트에서 은은하게 새어 나오는 랜턴 불빛과 은하수만이 빛을 발하며 끝도 없이 펼쳐진다. 온 세상에 나와 별, 오로지 둘만 그렇게 빛이 난다.

두 다리로 미국 전역을 누비며 겪는 이 모든 꿈만 같은 풍경들을 마음에 꼭 품고, 내가 지나는 모든 길 위에서 매 순간 자연스럽게 감사함을 느끼게 되었다. 그 어느 곳보다 멋진 풍경과 자연이 있는 미국 이곳을 나는 너무 사랑했다.

여행의 끝에서 마주한 하루의 소중함

횡단 이후의 일정 때문에 정해진 날짜에 맞춰 샌디에이고 San Diego 에 도착해야만 했다. 이제 얼마 남지 않은 오랜 여정의 끝을 앞두고 젖 먹던 힘을 짜내어 가며 열심히 페달을 밟았다. 내가 여기서 무너져서 다른 이들의 도움을 받는다면, 미래에 어떤 시련이 닥쳤을 때 중간중간 잘 버텨내다가도, 오르막의 막바지에 가까워질 때 결국 한 번쯤 나약한 마음을 먹고 포기하는 순간이 올 것만 같았다. 이곳이 정상의 문턱이라고 생각하고 고지만을 올려다보며 힘을 얻었다.

샌디에이고가 보이는 마지막 고개를 넘으며 모든 여정이 끝나고 나면 너무 먹고 싶었던 '인앤아웃 버거'를 꼭 먹으러 가겠다고 생각했다. 산티아고 순례길에서 만난 친구 조던이네 집에도 가고, 도착하면 하고 싶었던 것과 먹고 싶었던 것을 상상하며 고개를 든

순간, 저 멀리 'Welcome to San Diego'라는 표지판이 보였다. 그저 희미하고 막연하기만 했던 3개월간의 긴 여정의 끝이 드디어 저 멀리 보이고 있었다.

내가 어디에 와 있는지도 모르는 곳을 달리면서 늘 이 긴 여정의 끝, 라이딩의 마지막 날을 상상하곤 했다. 더 이상 이 지긋지긋한 안장 위에 앉아 지긋지긋한 페달을 밟고, 씻지도 못한 채로 자전거를 타지 않아도 된다는 생각에 참 뿌듯하고 신나서 홀가분하기만 할 것 같았다. 그런데 막상 계획해왔던 모든 여정을 이뤄내고 나니 전혀 내 예상을 빗나간, 명확하게 정의 내릴 수 없는 기분이 들었다.

기나긴 여정 동안 내게 있어 진정한 도전의 의미를 정의 내리고자 하며 정말 많이 울고 웃었다. 한데 여정의 마지막 종착점인 샌디에이고에 도착한 순간, 수많았던 힘든 기억은 언제 그랬냐는 듯 온데간데없이 사라지고 썩 개운하지는 않은 공허한 기분만이 남았다. 가슴 벅찬 감격의 눈물이 아닌, 마음 한편이 허전한 이 느낌.

결국 내 발, 이 두 다리로 해냈지만, 사실 스스로 믿기지 않을 정도로 말도 안 되게 고생스러운 여정이었다. 아무것도 그려지지 않은 하얀 스케치북에 '내가 과연 해낼 수 있을까?'라는 회색빛의 희미한 물음표만 가득 그려두었던 출발이었고, 대체 그 여정들이 깨끗한 도화지 위에 어떻게 그려질지 대략적인 스케치조차 그려지

지 않는 힘든 여정이었다. 모두가 걱정하고 만류했지만 결국 온몸이 근육통으로 으스러졌던 하루하루를 소중하게 모아 7,000km의 대장정을 드디어 내 힘으로 완성해냈다.

흰 도화지 위에 차곡차곡 색을 메워가며 오로지 내가 만난 그날 하루를 무사히 마무리하자는 목표로 달렸다. 달리는 동안은 그 하루를 위해, 오늘만을 살았다고 해도 과언이 아닐 정도로 말이다. 오히려 기나긴 여정을 끝냈을 때보다 하루를 마무리하며 잠이 들 때가 더욱더 뿌듯했다고 말한다면, 과연 나의 감정을 상상할 수 있을까? 정말 그랬다. 오지 않을 것만 같았던 여정의 마지막 순간이 아닌, 무사했던 하루의 끝에 맥주와 함께했던 행복한 마무리가 내 감격스러운 미국 횡단 결말의 '숨겨진 보석'이었다.

아마도 그때 샌디에이고 표지판을 마주한 순간, 그 당시 내가 가장 크게 느꼈던 감정은 극도의 아쉬움이 아니었을까 싶다. 처음부터 많은 의미와 대단한 감정을 부여했던 여정은 아니었지만, 조금 부끄러운 내 속마음은 자전거를 타는 날이 점점 길어질수록 나는 과연 무엇을 위해 이렇게 페달을 밟고 있을까 하는 생각이 잦아졌었다. 스스로 꼭 무언가를 바라고 나에게 대단한 변화가 있길 기대해서 도전한 것은 아니라고 이야기했지만, 속마음은 그렇지 않았나 보다. 이제는 한국으로 돌아가면 평범한 하루를 평범한 생각으로 보내던 예전으로 돌아가서 꿈같은 이 길을 마음속으로만 추억하며, 내 기억 속에서만 달리고 있겠지 라는 생각에 눈물이 왈칵했다. 하지만 나는 일생에서 가장 아름답고도 위태로운 폭풍우와 같던 시기에 미국을 횡단하며 뜻밖의 자연을 만났던 것을 절대로 후회하지 않는다.

사회라는 전쟁터,
여행이라는 도피처

장기간의 여행뿐만 아니라, 훌쩍 떠나는 짧고 가까운 국내 여행 역시 늘 나를 웃게 하며, 순수함에 젖도록 만들어 주었다. 한국을 떠나온 내가 여행지에선 마치 다른 세상을 사는 양, 나를 구속했던 욕심과 스트레스를 잠깐이나마 잊고 마음으로 평온의 세계를 유랑하는 연습을 해왔던 것 같다. 그래서 처음에 나만의 여행으로 새로운 세상을 막 경험하기 시작했을 때는 그 달콤하고 새로운 모습 때문에, 남은 인생의 많은 부분을 여행만 즐기면서 살고 싶다고 생각했다.

하지만 앞으로 남은 인생을 여행만 하면서 살아간다는 것은 사실 막연한 이야기였다. 여행과 일상이 공존할 수는 있지만, 물과 기름처럼 섞이지 않는 조금 다른 부분의 삶인 것을 깨닫게 되었다. 그때부터 여행은 여행으로 두고 와야한다는 생각, 일상이 되어버린 여행은 더 이상 여행의 의미로 이야기할 수 없고 여행지의 달콤함은 일상으로부터의 도피와 일탈이 아니라는 생각을 하게 되었다.

내가 미국 횡단을 하던 당시 회사 업무와 현실의 스트레스 속에서 허우적대고 힘들어하는, 비슷한 연배의 분들이 여러 차례 물어보는 비슷한 내용의 질문들이 있었다. 틀에 박힌 일상을 극도로 부정하고 있으면서 사회생활로 인한 스트레스의 굴레를 쉽게 벗어나기가 어려운데, 그러한 현실과 나의 도전 사이에서 느끼는 거리감에 대한 이야기였다.

"현실이란 벽 앞에 사실 풍족하진 않더라도 그래도 나름 오래 사회생활을 하면서 돈을 벌 때, 누리고 있던 모든 것을 포기하고 도전을 한다는 것이 참 힘들었을 텐데 어떻게 그런 결정을 하게 되었나요?"

사실 나도 '하고 싶은 것'보다는 '해야만 하는 것'이 더 중요하다고 생각하는 현실적인 사람이라, 늘 직업을 가지고 일을 하는 것이 아주 중요하다고 생각하곤 했다. 나 역시 지극히도 평범한 사람으로서 이십 대의 끝자락을 물 흐르듯 큰 의미 없이 흘려보내며 스트레스로 가득 찬 무의미한 일상을 보내고 있었다. 그러다 어느 순간 잠깐이라도 좋으니 현실이 아닌 모험의 길을 떠나 인생에서 가장 큰 일탈을 맛보고 싶다는 생각이 들었다. 현실과 모험 사이, 어떠한 선택이 자신에게 더 필요하고 내가 원하는 방향으로의 미래를 가져다줄 것인지 짧게라도 진지한 고민이 필요하다고 생각한다. 양쪽 가치관의 크기에 따라서 자신이 더 원하는 쪽으로 삶의 방향을 선택하는 것이고, 그러기 위해서는 진정으로 본인이 어느 쪽을 더욱 갈망하고 원하는지 스스로 들여다볼 줄 알아야 한다. 둘 중 어떠한 선택을 하든 부수적으로 따라오는 상황과 결과에 대해서는 자기가 책임지고 가야 한다는 것도 우리는 모두 알고 있다.

나는 결심을 이행하는 데 있어서 절대로 더 용기가 있거나, 결단력이 강한 사람이 아니다. 그저 나중에 세월이 더 흘러서 내게 시간적인 여유와 금전적인 여유 그리고 마음의 여유 전부가 충분해졌을 때가 온다고 가정하더라도, 지난 시간 떠나보냈던 선택이 지금보다 더 쉬워지지는 않을 것이라 생각했다.

그 나이에만 할 수 있고, 더 잘할 수 있는 일이 있다고 믿는다. 하지만 고민만 하다가는 스트레스의 구렁텅이에서 평생 스스로 헤쳐나오는 방법을 깨닫지 못할 것 같았다. 고민하다 놓쳐버린 것에 대한 아쉬움과 궁금함에 이미 지나온 인생길에 미련을 남겨두고 자꾸 뒤돌아보고 싶지는 않았다. 그래서 나는 업무에 대한 스트레스가 극에 달했을 때, 내가 정말 인생의 중대한 선택의 갈림길에 서 있다는 생각을 했다. 적응된 스트레스를 버텨내며 불평불만뿐인 인생을 살아갈 것인지, 아니면 아직도 어떠한 숨은 기회가 있을지도 모를 무궁무진한 가능성이 있는 나를 응원하며 색다른 경험을

여행지에선 다른 세상을 사는 양,
나를 구속했던 욕심과 스트레스를
잠깐이나마 잊고
평온의 세계를 유랑하는
연습을 했던 것 같다.

해볼 것인지 말이다.

현실의 벽과 마주함에 따라 포기해야만 하는 낭만과 꿈이 생기면서, 내가 쫓지 못했던 부분에 대한 아쉬움과 갈망이 생기는 것은 당연한 것이 아닐까? 다른 사람들이 나를 신기하게 생각하고 대단하다고 말해주는 것은 그러한 맥락일 것이다. 선택하지 못한 길에 대한 궁금함과 아쉬움 말이다. 나에게도 그러한 궁금증만을 가지던 시기가 있었으니까.

조금 수월하게 갈 수 있는 길에서 내가 지금 가진 것을 잠깐 멈추고, 어릴 적의 나라면 절대 호기심을 가져서는 안 된다고 생각했을 덤불 뒤를 헤쳐나가 보기로 했다. 내가 지금 가진 것을 내일도 가지고 있을지 아무도 알 수 없기 때문에 세상이 필요로 하는 조건의 '나'로 살아가기보다, 내가 필요로 하는 '나' 자신이 되어 살아보기 위해서 말이다.

물론 5년 전의 내가 무모한 도전을 하던 시기보다, 지금은 더욱더 많은 콘텐츠를 이용한 활동이 활발해졌다. 다양한 콘텐츠로 자신을 보여주는 색다른 직업들이 나타났고, 그러한 흐름은 현재 자신의 행복을 우선으로 생각하는 태도와도 밀접하게 연관되어 있다. 대학 졸업장은 사실 인생에 있어서 가장 중요한 요소는 아니며, 자격증과 같은 스펙이 앞으로 미래에 대단하게 작용하는 요인도 아닐 것이다. 나 역시도 이러한 의견에 적극 찬성하지만, 흔히 말하는 '욜로족'은 아니다. 지금 살아가는 현실 세계와 나의 이상은 쉬이 떨어질 수 없는 불가분의 관계라고 생각하며, 소신 있게 열과 성을 다해서 살아가고 있다.

꿈만 같은 여행지에 흩어진, 세계의 이곳저곳에 두고 왔던 내 마음의 조각들을 담아 지금은 다시 현실로 돌아왔다. 아무래도 현실적인 나에게 제자리는 이곳인 듯하다. 가혹했던 사회생활에 무릎 꿇고 조금은 멀리 돌아 다시금 워킹 사이클로 돌아와 느낀 것은 진정으로 더 대단한 분들은 사회라는 전쟁터 속에서 그 힘든 현실에 부딪히면서도 스트레스를 잘 조절해가며 끝까지 남아 있는 분들이 아닐까 싶다. 오늘 하루도 아침 일찍 전쟁터로 출근하시는 분들 너무 존경한다.

2장

일상으로 향하는 여정

01

반짝이는 유랑자

사람의
온도

나는 다시 내 인생길에서 상상하지도 못했던 새로운 직업을 가지게 되었고, 사회로 돌아와 일정하고 안정적인 사이클 속을 달리며 살아가고 있다. 미국을 다녀온 것이 불과 며칠 전인 것만 같은데 무심코 계산해보니 햇수로 벌써 5년이라는 시간이 흘렀다. 몇날 며칠 머리도 못 감고 씻지도 못한 상태에다 다리에는 온통 상처투성이였던 그때의 사진을 보면, 이제는 조금 얌전해져야지 싶기도 한다. 아직도 그 꿈같은 추억 속에서 살고 있는 것은 아니지만, 확실한 것은 대담했던 지난 여행들이 아직도 나에게 좋은 영향으로 내재되어 지금까지도 일상에 엄청난 에너지를 가져다주고 있다는 것이다.

내 안에 잠재된 그 에너지는 시련의 순간에 더욱 크게 작용한다. 어지간하게 견디기 힘든 상황이 아니라면 마음에 큰 스트레스 없

이 지나갈 수 있게끔 좋은 방향으로 생각하는 긍정적인 에너지가 되기도 하고, 무엇인가 처음 시도할 때 예기치 못한 상황에 대한 두려움을 이겨낼 수 있는 도전적인 에너지를 끌어내 주기도 한다. 미국 횡단을 하기 4년 전의 나와 지금의 나는 사실 나이를 먹었다는 것 이외에 달라진 게 없는 똑같은 사람인데, 내 안의 어떠한 연소제가 발화점에 도달해서 좋은 에너지가 방출되게 하는 것일까?

의미가 있는 여행, 특별한 도전으로 내가 무언가를 깨닫고 느끼려고 했던 것이 아니라 온전히 나 자신에게 집중하여 내면을 바라보고, 나에게 주어진 오늘을 감사하는 것에 초점을 맞추었다. 누군가가 나를 바라보고, 평가하는 기준에 맞춰 사는 것이 아닌, 스스로 주체적으로 판단하는 그런 삶. 내가 사는 좁은 세상 이외에는 딱히 관심도 없고 너무도 무지했었던 내가, 여행을 다니게 되면서부터 여태껏 만나보지 못했던 무수한 경험을 하고, 더 넓고 다양한 생각을 할 수 있게 되었다. 알면 알수록 궁금하고 새로운 것투성이인 세상을 평생 하나씩 경험해가면서 늘 배움의 자세로 잘 받아들이며 살아가야겠다고 생각했다. 빠르게 변화하는 세상을 살면서 어떠한 분야든 한 가지에 전문가가 되어 하나만 잘하면 된다고 이야기하던 예전과는 달리, 요즘은 나에게 익숙하지 못하거나 다양한 것을 경험하는 것이 더욱 중요한 일이 되었다. 이러한 경험들이 연소제가 되어 쌓이면서 삶을 이끌어주는 연료와 같이 끊임없는 원동력이 되고 있는 것이다.

사람들은 그렇게 인생의 길목에서 만나는 순간순간의 새로운 이벤트를 대할 때 제각기 다른 온도로 반응한다. 비슷한 상황을 만났다고 가정했을때 누군가는 그것에 대해 뜨거운 열정이 넘치고, 누군가는 냉소적으로 판단을 하며 또 다른 누군가는 미적지근한 반응을 보일 수도 있을 것이다. 내가 머무르고 싶은 나의 온도는 매 순간 뜨겁지는 않지만, 아궁이의 뭉근한 불꽃이 구들장을 종일 따뜻하게 데워주는 것처럼 잔잔한 사람이 되고 싶다. 가끔은 여러 가지 갈등을 마주해서 고요하던 아궁이의 장작들이 타들어가며 소용돌이치는 불꽃을 일으킬 때도 있겠지만, 금세 사그라들며 은근한 제 모습을 지켜내는 숯처럼 말이다.

지금 나의 온도에 관해 이야기한다면, 지금 나는 가장 뜨거운 상태이며 조금 더 열정적이고 싶다. 우리는 매해, 매달, 매일 새로운 경험과 배움으로 살아간다. 조금 늦은 것 같다는 생각에 마음이 조급해진다거나 포기할 이유는 없다. 무엇인가를 시작하거나 경험하기에 나이가 중요하지는 않다는 것은 이미 여러 서적을 통해 입증이 된 이야기가 아닌가?

모든 것은 전부 시기가 있다고 생각한다. 열심히 사회생활을 할 시기, 이직을 준비하는 시기, 가정을 만드는 시기, 노년을 즐기는 시기 등등. 나는 지금 혈기 왕성한 20, 30대의 시기를 통과하고 있다. 활활 불타오르는 지금 이 순간을 놓치지 않고 더 뜨겁게 달궈 놓아야지만 긴 세월이 지나도 완전히 식지 않고 뭉근하게 유지할 수 있지 않을까?

지금까지는 매일 아침 의미 없는 지구의 공전 운동일 뿐이었던 태양의 떠오름에 각자 자신만의 의미를 부여해보자. 비바람이 쳐서 일출을 보지 못할 때도 있고, 하늘 가득 구름이 끼어 일몰을 가리는 날도 있을 테지만, 그 의미만큼은 퇴색하지 않을 것이다.

온전히
생각을 쉬는 시간

나는 산에 관한 지식이 해박하다거나, 전문 산악인도 아니어서 누군가에게 필요한 등산 장비를 설명해주고 특정 산을 유창하게 소개할 수 있는 것은 아니다. 어떤 사진을 보고 그렇게 생각하시는 건지는 모르겠지만, 어딘가 '전문가스러운' 냄새가 난다며 여러 가지 정보를 물어오는 분이 많은데, 그때마다 나는 그저 '자연에 머무르는 것을 좋아하는 사람'일 뿐이라고 대답한다.

언젠가 한 번 내가 왜 산을 찾게 되었을까 생각해보았다. 안나푸르나 베이스캠프에서 동이 트는 시간을 기다리다가 아스라이 태양빛이 스며드는 안나푸르나 4봉에 둘러싸인 나를 발견한 후로 장거리 도보여행을 자처해서 산티아고로 떠났고, 트레킹의 성지인 미국으로 향했다. 자전거 횡단을 할 때는 매일 10시간이 넘는 라이딩을 했음에도, 푹 쉬어가야 하는 오프 데이까지 몇 시간씩 국립공원을 돌며 트레킹을 했었다. 그렇게 산에 오를 때마다 힘들어했는데, 지독스럽게 발걸음을 하다 보니 결국에는 산에 오르는 것을 참 좋아하게 되었다.

어쩐지 복잡한 생각이 들 때면, 혼자 김밥 한 줄, 바나나 한 송이, 물 한 통을 들고 가까운 집 근처의 금정산으로 향한다. 굳이 나와 함께 땀을 흘리며 시간을 내줄 수 있는 사람을 찾지는 않는다. 산을 오르면서 나는 아무런 음악도 듣지 않고, 산과 자연 그대로가 내는 소리를 듣는 데 집중한다. 그렇게 하면서 쉽게 지나가 버릴 수 있는 작고 사소한 시간까지 담아두고 싶은 마음인지도 모르겠다. 갖은 감정의 소모가 큰 일상 속 답답한 마음에 시원한 숨을 담을 수 있는 나만의 시간을 말이다.

이마가 촉촉해지기 시작하면서 가쁜 숨을 몰아쉬고 있는 순간, 나도 모르게 잡다한 생각으로 가득했던 머릿속이 하나씩 비워진다. 아무래도 산행이 너무 힘든 탓에 다른 생각은 뒷전이 되는 듯하다. 힘겹게 정상을 오른 순간, 내려다보는 세상에서는 아래에 있을 때 보이지 않았던 광경들이 한꺼번에 시야로 들어온다. 무심코 지나쳐왔던 한 그루 한 그루의 나무, 땀을 식히기 위해 잠깐 앉았던 널찍한 바위 침대, 아려왔던 다리가 편안했던 데크 계단 그리고 내가 살고 있는 나의 동네, 나의 집까지.

늘 재촉하기만 하던 바쁜 마음을 조금 내려놓았더니, 단편적인 부분에만 집중하던 좁은 내 시야가 놀랍게도 그와 같이 함께 넓어

산, 나아가 자연은
머릿속에 가득 찬 생각을
온전히 비울 수 있는 공간이다.

지는 것이 느껴진다. 쉬이 지나치던 고요한 풍경, 평소와는 다를 것이 없는 익숙한 곳의 모습도 새로운 시각으로 바라볼 수 있게 하는 등산을 그래서 나는 좋아한다.

산, 나아가 자연이라는 공간은 머릿속에 가득 찬 생각을 온전히 비울 수 있는 공간이다. 바람이 지나가며 세상의 이야기를 전해주고, 수조 억장의 나뭇잎은 서로를 향해 소곤거린다. 비밀의 요새를 지키고 있는 병정처럼 같은 자리에 굳건히 자리한 빼곡한 나무들이 끝도 없이 펼쳐지며 만들어 낸 산의 형상을 그윽이 바라보고 있으면, 나는 삶이라는 방대한 세계를 느낌과 동시에 그 끝의 결국 아무런 대답 없는 적막함과 고요함까지 전부 받아들이게 된다. 그렇게 생각의 숲에서 허우적거리던 자신을 평온하게 쉬게 하는 것이다.

여태껏 살아오면서 부단히 나를 옥죄어 오는 생각과 걱정의 굴레에서 벗어나 보려고 하지 않았다. 삶의 갖은 어려움을 스트레스와 분리해 스스로 적당하게 조절을 잘 해내고 있다고 생각했는데, 사실은 환각에 빠진 마약과 같은 주문을 스스로 걸고 있었던 것이다. 혼자서 산을 오르면서 격양된 감정과 불안했던 마음을 돌볼 수 있는 시간을 더 많이 가질 수 있게 되었다. 촉촉한 흙을 밟으면서 산속 오솔길을 따라 들어갔다. 눈앞에 보이는 가장 넓은 바위에 걸터앉았다. 곧이어 흐르는 땀을 닦아내고 세상에서 가장 편안한 자세로 넓은 바위에 누워 선선하게 불어오는 바람을 맞이했다.

어느새 이마에 맺힌 땀을 모두 말려준 바람은, 하늘의 어느 한 부분을 가만히 응시하며 생각에 잠긴 나에게 작은 메시지를 하나 전하고는 홀연히 떠나간다. 나는 산들거리는 나뭇잎 사이로 스미는 햇빛과 세상 하나밖에 없는 시원한 바위 침대에서 진정한 마음의 여유와 '나만의 행복'을 손에 쥐어본다.

자연으로 향하는 여행을 하고부터는 조금 더 내 몸의 변화와 생각을 먼저 바라보려고 노력하게 되었다. 그러고 나서 부정적이고 걱정스러운 상황을 연쇄 작용처럼 생각하는 것을 멈추고, 진정으로 그날의 냄새와 분위기에 조금 더 집중하는 내 모습을 발견할 수 있었다. 그제야 생각을 비우는 방법을 몸소 느끼게 된 것이다.

모든 생각에서 벗어나 보는 것. 큰 숨을 한번 들이쉬고 눈을 감으며 아무 생각 없는 상태를 유지하려고 노력한다. 끊임없이 흘러가는 시간 속에 끊임없는 생각의 굴레와 함께 모든 것을 내면에서 정지시키고, 내가 지금 느끼는 감정에 집중한다. 생각하는 것을 쉬어보면 내가 당장에 처해 있는 많은 상황과 문제에 대한 나의 태도가 더 여유로워지고, 느긋해지는 것을 느낄 수 있다. 조급한 마음이 차분해지고, 상황을 초연하게 받아들이는 나를 만나게 된다.

여행은 그 자체로 충분한 의미가 있다

여행중 나는 언제나 화장기 없는 맨얼굴, 대충 묶은 머리에 모자를 푹 눌러쓴 행색이었다. 어깻죽지가 짓눌리고 쓸려서 아려올 정도로 무거운 흙투성이의 가방을 지고 다니는, 몸이 편하지만은 않은 여행이 대다수였다. 매일 편안한 숙소에서 발 뻗고 잠을 자는 것도 아니고, 맛있고 충분한 식량이 있는 것도 아니었다. 예쁜 옷을 입고 맛집과 유명한 명소를 찾아다니며 멋진 사진을 남길 수 있는 그런 여행을 하는 것은 아니지만, 다양한 여행 끝에 나는 완벽하게 나만의 여행 스타일을 찾았다.

모든 여행의 순간을 효율적으로 활용하기 위해, 내 입맛에 맞게끔 계획해서 다니지는 못하지만, 여전히 나는 마음이 이끌리는 곳을 느긋하게 바라보고, 진지하게 고민 중인 생각이 있다면 그것을 허공에다 이미지로 풀어놓으며 정리해 나가기도 한다. 그러한 순

간의 감정선 역시도 피하지 않고 있는 그대로 느껴본다.

내 방식대로 여행하며 예상치 못한 지역에서 예상치 못한 장소를 발견하고, 또 예상치 못한 인연을 만들며, 예상치 못한 사건 사고와 부딪히기도 했다. 사건들이야 어떻게 되었더라도, 여행은 이미 여행 그 자체로서 충분한 의미가 있다고 말하고 싶다. 똑같은 것을 보고도 우리가 모두 느끼고 생각하는 방향이 다른 것처럼 우리의 여행은 각자 다를 수밖에 없다. 어떠한 여행이 좋다, 나쁘다는 척도를 정해 감히 판단하려는 것이 아니다. 일과 업무에 대한 스트레스만을 해소하거나, 일상의 무료함을 달래기 위해 꼭 빡빡

한 계획을 잡고서 바삐 돌아다니는 것만 여행은 아니라는 것은 새겨두자.

내가 만약 자전거 횡단을 하면서 긴 기간 동안 '이런 것들을 좀 떨쳐 버려야지' '생각 정리를 해야겠다' '나 자신을 돌아보고 반성해야지' 등의 다른 부수적인 기대를 여행에 대입해 이루고자 했다면, 이렇게까지 내가 그 여정을 온 마음을 다해 즐길 수 있었을까 하는 생각이 든다. 우연히 길에서 만나 나를 도와준 수많은 사람이 미국을 횡단하는 이유를 물어올 때면, 한결같이 나는 "Why not! Just for fun!"이라고 외쳤다. 단순하게 재미로 시작했던 나의 여행은 너무나도 힘들었지만, 인생에 있어서 정말 나에게 더 중요한 가치를 찾고 그것에서 진정한 행복을 느끼는 방법을 깨닫게 해주었다. 여행은 그렇게 그 자체로 너무나도 충분한 의미를 준다.

요즘 들어 여행 유튜버나 여행을 업으로 하는 분이 무척 많아진 것 같다. 유동적인 시간이나 여윳돈이 충분한 사람이거나, 많은 것을 포기한 채로 전 세계를 유랑하는 삶을 살지 않는 이상, 사실 우리 인생은 여행만을 다니며 사는 게 어려운 것이 현실이다. 요즈음 분위기를 보면 여행에서의 꿈같은 시간에서 벗어나지 못하고, 후유증의 늪에서 잘 헤어나지 못하는 사람이 조금은 많아진 것 같다. 코로나19로 하늘길이 막혔을때 그러한 양상이 더 심해진 것도 같다.

사람마다 느끼는 것이 다를 수는 있겠지만, 내가 두 가지 인생을 모두 겪어보고 느낀 것은, 일을 그만두고 정말 여행만 다닐 때는 극심했던 일 스트레스로부터 해방되었다는 사실에 분명 행복하긴 했지만, 한 치 앞의 일도 보이지 않는 막연한 상황의 연속인 여행지에서의 삶이 마음속 깊은 곳까지 안정감을 주지는 않는다는 것이다. 삶은 경제적인 부분이나 소속감, 안정감 역시 고려할 수밖에 없는 지극한 현실이기 때문이다. 여행은 애틋함과 그리움을 간직할 수 있는 그런 존재, 그 자체이기 때문에 여행이지 않을까?

여행을 다녀오고 나서 일상으로 복귀하는 것을 죽도록 싫어할 필요는 없다. 다음 여행을 기약하며 현실을 견뎌낸다는 생각도 조금은 접어두자. 이게 정말 힘들다는 것을 모르는 것은 아니다. 삶에 일과 금전적인 부분은 필수적일 수밖에 없다고 생각한다. 내가 속한 사회와 현실은 버텨내고 견뎌야만 하는 것이 아닌, 내가 정말 나다운 삶을 영위하게 하는 중요한 것임을 이해하고 받아들여야 한다.

분명히 지금 속한 사회에서 내가 하는 수많은 노력과 성실하고 값진 일상이 있기에, 여행이라는 존재가 더욱 빛을 발할 수 있음을 모두 느끼고 있을 것이라고 생각한다. 이미 여행은 그것 자체로 충분한 의미가 있으니까, 한 번쯤 그곳에 속해 가만히 앉아 쉬어 보는 것은 어떨까? 가장 마음에 들었던 장소에 앉아 아무런 걱정 없이 순수하게 머무르며 여행의 순간을 그저 흐르듯 지켜보자. 바쁘게 살아가고 있는 그곳의 사람들을 보며, 나도 내가 있는 위치에서 정말 열심히 살고 있구나, 대견하다는 칭찬 한 번만 해주자. 아마도 꿈같은 여행지로부터 '현실로의 복귀'가 훨씬 수월해질 것이다.

자연
여행가

"'자연여행가'라는 말이 참 예뻐요! 처음 들어 보는 생소한 단어인데, 스스로 그렇게 부르시나요?"

내가 주야장천 이야기하는 '자연여행가'가 도대체 무엇인지 물어오는 사람이 많이 있었다. 직업에 등록이 되어 있는 것도, 실제로 존재하는 단어도 아니다. 간간이 이런저런 다큐멘터리 방송에 출연하고, 다양한 인터뷰를 진행하면서 나를 소개해 달라는 질문에, 현재 내가 추구하는 방향에 관해서 설명해 줄 수 있는 가장 적합한 단어라고 생각해서 이렇게 이야기하고 있다.

"제가 만들었어요. 그냥 그 단어의 조합이 너무 좋아서."

온전히 자연을 느끼고
자연에 속할 때
완벽한 '내 안의 나'를 만난다.

자연으로 향하는 여행가라는 단순한 뜻으로 나 자신을 표현하고 싶었던 이유가 있었는데, 나이가 들고 아프기 전에, 건강이 허락하는 동안, 지극히 사랑하는 자연으로 여행을 꾸준히 다니고 싶다는 생각이었다. 지금까지 내 여행처럼 전 세계를 다니면서 산과 유명 국립공원들의 구석구석에 있는 트레일을 몸소 경험하고, 다양한 형태의 자연을 내 눈으로 직접 보고 느끼고 싶었다. 인생을 더 풍요롭게 그릴 줄 아는 사람이 되어 자연에 유랑하듯이 살고 싶었다. 불행히도 코로나 팬데믹으로 3년이나 되는 시간 동안 굳게 닫혀버린 하늘길만 올려다보고 있긴 했지만, 여전히 나는 가까운 미래에 세계 곳곳으로의 트레킹 여행을 꿈꾸고 있다. 조만간 해외의 여러 산에 오르고 자연을 여행하지 않을까?

오감을 이용한 나의 여행 기억법을 바탕으로, 자연 속으로의 여행을 지향하게 된 나 스스로 자연여행가라고 칭하며, 나는 나만의 여행 스타일을 만들게 되었다. 여행을 다니면서 느낀 점은, 이 세상에 존재하는 자연의 많은 부분은 작디작은 인간으로서 그 탄생과 존재 자체조차도 온전히 이해할 수 없는, 감히 범접할 수 없는 영역이라는 것이다. 나는 그 속에서 조금씩 내가 생전 접해보지도 못했던 무수한 자연의 모습을 만나곤 했다.

이렇게 드넓은 세상을 좁은 시각으로만 바라보며, 너무나도 무지하게만 살았던 내가 자연 여행을 통해 다양한 방향으로 생각하고, 보다 더 지혜롭고 마음이 풍요로운 삶을 갈망하게 되었다. 자연은 알면 알수록 놀라웠고, 나는 자연에 무한한 궁금증을 품게 되었다. 우리에게 주어진 자연을 감사하게 생각하며, 그 모습을 훼손하지 않고 온전히 누리려는 지금의 내 모습이 나는 무척이나 마음에 든다.

새로운 여행지를 가게 되면 언제나 소심한 마음을 가지고 여행을 시작하곤 했다. 하지만 눈앞에 그 경이로운 모습을 마주하게 되는 순간, 잔뜩 움츠러들었던 몸의 모든 근육이 이완되며 긴장이 풀리고 깊게 들이쉬었던 온 숨을 끝까지 내뱉곤 한다. 사사로운 것들이 입맛에 맞지 않아 하나하나 까탈스러운 마음을 남겨두던 나는, 이 세상 속에서 내가 얼마나 작은 존재인지 느끼면서 자연 한가운데의 자신을 돌아보게 되었다.

남은 내 인생은 어느 하나 같은 모습, 같은 모양이 없는 자연 속으로 떠나며, 보이는 모든 것을 온전히 내 눈에 담으며 살아가려고 한다. 온전히 자연을 느끼고 자연에 속할 때 나는 완벽한 '내 안의 나'를 만난다. 나에게 그 시간은 잠시 쉬어갈 수 있는 나만의 공간에 속해있는 시간이다.

내 인생에 '나 자신'도 없이 바쁘게만 살아왔던 20대 때는 당시에 속했던 좁은 틀 안에서 많은 욕심을 내며 모든 열정을 다해 살았다. 하고자 하는 것도, 쫓고 싶은 것도 명확하게 찾지 못해 그저 주어진 것에만 열과 성을 다했던 나는 시간이 부족하다는 핑계로 내 주위를 둘러볼 여력이 없었다. 어떻게 지나가는지도 인지하지 못할 정도로 정신없이 하루하루를 흘려보냈었다. 딱히 영양가가 있지도 않은 것에 힘을 쏟으며 세월이 어떻게 흐르는지도 눈치채지 못하고, 나를 돌아보고 보듬는 데 쓰는 시간은 아까워했다.

어쩌면 가장 중요한 나를 돌보는 일에 인색했던 내가, 30대가 된 후 인생을 웃으면서 바라보는 법을 배우고 있다. 나 자신을 세상 중심에 놓고 살아가는 법을 익히고 있다. 세상에는 내가 생각하는 틀에 박힌 모습만이 아닌, 상상하는 것 이상으로 여러 가지 모습의 인생이 있다. 지금처럼 내 모습이 마음에 든 적은 없었던 것 같다. 아직도 지금보다 더 성실하게, 더 뿌듯한 내 모습으로 살고 싶은 욕심에 마음을 온전히 내려두지는 못하고 있지만, 그래도 이제는 나를 격려하고 보듬어주는 법을 안다.

4년 전, 여태 발견하지 못했던 새로운 내 모습을 찾아낸 이후로 내 인생은 180도 달라졌다. 온실 속의 화초마냥 작은 풍파에도 맥없이 쓰러지고 스스로 역경을 헤쳐 나가는 법을 알지 못했던 그때와는 달리, 온전히 나만을 위한 인생을 사는 지금은 하루하루가 원하는 미래로 가는 발걸음이다. 요즘 그 어느 때보다도 행복하다.

누구나 내면에 지닌 조그마한 빛이 있다. 스스로 그것이 어떠한 빛인지 알지 못하며, 어쩌면 영원히 발견하지 못할 때도 있을 것이다. 언젠가 그 빛이 세상 밖으로 나올 날을 위해, 나의 기호에 조금 더 관심을 가지며, 더 마음이 가는 것에 집중하려고 한다. 내가 없는 '나의 인생'은 빈껍데기에 불과하다. 내 인생을 산에 비교한다면 아직 하고 싶은 것도, 이룰 것도 많은 등산로 초입이라고 말하고 싶다. 장거리 산행을 위한 준비를 끝내고 미래로 향하는 출발점 말이다. 천천히 그 길을 걷고 있지만 가장 높은 곳으로 향하는 것만을 목표로 하고 싶지는 않다. 꼭 정상만을 염두에 두고 인생이라는 산길을 오르지 않아도 된다. 그곳으로 가기 위해 내가 거치는 수많은 어려움과 경험이 더욱 소중해지는 그런 인생을 살고 싶다.

02

삶의 지표를 발견하다!

내 모습
지금처럼 영원히

해가 지는 시간에 맞춰 금정산을 올랐다. 일몰 직전, 인적이 드문 이 시간에 마지막 햇볕의 따뜻한 기운과 함께 한적한 등산로를 오르는 일은 내가 가장 좋아하는 행복의 한 모습이다.

특히 오르기 좋아하는 시간대는 따사로운 봄 중에서도 황금빛 일몰의 시간이다. 나뭇잎 사이사이 노랗게 내려앉은 노을빛은 연둣빛 봄을 더욱더 아름답게 빛나게 한다. 어둑하게 지는 해를 보내면서 하루를 마무리하는 느낌으로 하산하곤 하는데, 노란빛보다는 조금 더 따뜻하고 아련한 느낌의 노을을 등지고 하산하는 것은 언제나 아쉬운 일이다. 수십 번을 멈춰가며 변화하는 모습을 한참 들여다보다가, 이미 스며오는 어둠에 하산 시간이 늦어져 내려오는 길을 놓친 적이 한두 번이 아니다. 어느새 주변이 깜깜해지고 어둠이 드리운 때 산을 걷고 있으면, 주변의 시야가 내 발 주위의 작은

원 정도로 축소된다.

이때 나를 위한 생각이 더 많아진다. 고요하게 심호흡하며 주변 소음을 차단하고 내면에 들리는 나의 숨소리에 온전히 집중한다. 주변이 조용한 상황에서 마음의 소리를 경청하고, 나에게 진정으로 필요한 것이 무엇인지 나지막이 스스로 질문해 본다. 저녁 산행은 이것이 가능한 시간이다. 그리고 이 시간은 내 진정한 욕구와 생각을 자주 놓치고 사는 나에게 꼭 필요한 시간이다.

일상생활을 하면서도 꾸준하게 본인을 잘 들여다보며 갖은 스트레스로부터 돌보는 것이 가능한 사람이 있는 반면, 나는 참 바보같게도 머릿속 곳곳에 흩어진 생각의 정리가 잘되지 않는 사람이었다. 지독하게 자신을 옥죄는 편이라 주기적으로 내려놓는 연습을 하면서 꼭 따로 시간을 가져야 한다. 산행을 통해 내면의 스트레스를 조절하면서, 나는 자신에게 더 많은 관심을 가질 수 있었다.

한 번뿐인 아쉬운 하루의 순간순간을 무엇을 위해 살고 싶으며, 어떠한 가치관의 흐름에 따라가고 싶은지 생각해 보는 시간을 가졌다. 그랬더니 조금 늦긴 하지만, 또다시 시작하는 나를 믿는 여유도 생기고, 작게나마 주위 사람을 미소 짓게 만드는 밝은 마음을 나눠주려는 노력도 하게 되었다. 현재 주어진 자기 모습을 그대로 받아들이고 인정하며 사랑한다는 것은 참 쉬우면서도 어려운 일이다. 하지만 이것이 바로 행복의 시작이 아닐까 싶다. 행복하다는 감정은 외부적 요인이 아닌 내 마음가짐이 좌우하는 것임을 잊지 말자고 되뇌었다.

그렇게 갑자기 행복 전도사가 된 것처럼 사람들에게 즐겁게 살자고 외치고 다닐 때, 내가 생각하는 행복을 열 글자로 표현해달라고 한 사람이 있었다. 늘 두루뭉술하게만 이러저러하다고 생각했는데, 이제는 조금 명확해진 듯하다.

'내 모습 지금처럼 영원히'

여행에서 '내면의 나'를 만나러 다닐 때 나는 손에 가진 것 하나 없이도 세상을 다 가진 것만 같은 '순수한 영혼의 부자'였다. 이전의 나는 타인이 보는 내 모습에 행복의 기준을 맞추었지만, 지금은 내면의 깊이를 중시하는 사람이 되어가고 있다. 지금 나는 다른 사람이 아닌 내가 행복한 것이 중요하다. 그 어떤 주위 상황도, 사람도 의식하지 않는 행복에 다가가는 연습을 하는 중이다. 특별한 장점이 있다거나 대단한 직업을 가진 사람은 아니지만, 무엇이 되지 않더라도 괜찮은 나를 조금 더 사랑하자고 생각한다. 누군가의 기억에 남는 사람일 필요도 없고, 좀 늦거나 게을러도 느려도 괜찮다고, 한 번 더 내 편을 들어주기로 했다.

소백산과
치악산

2020년 1월. 소백산을 시작으로 한국 곳곳의 국립 공원을 다녀 보기로 했다. 나만의 소소한 목표로, 시간 여유가 생기는 대로 주말 산행을 진행했다. 미국 횡단 이후 지난 2년 동안은 부산 근교에 있는 가까운 산만 찾아다녔다. 준비하던 시험도 있었고, 굳이 멀리 이동하고 많은 시간을 투자하면서까지 산에 오르고 싶지는 않았기 때문이다. 우리 집 바로 뒷산인 금정산도 아직 모르는 코스가 너무나도 많았다. 얼마든지 가까이에서도 자연을 느낄 수 있다고 생각했다. 하지만 일을 하게 되어 시간적인 여유가 부족해지면서 자연을 유랑하던 지난날의 추억을 자주 곱씹게 되었고, 자연으로의 여행을 그리게 되었다. 그렇게 조금 더 먼 곳의 산을 염두에 둔 나의 소소한 버킷 리스트인 국립 공원 '도장 깨기'가 시작되었다.

나는 험준하고 바위가 많은 산보다, 보드라운 흙이 많고 초록이 가득한 산을 좋아하는데, 소백산 역시 내가 좋아할 만큼 부드러운 산이다. 빼곡하게 높은 침엽수가 가득한 소백산은 사진상으로 보았을 때, 등산로가 잘 정돈된 모습이 너무도 아름답게 보였다. 그곳을 언젠가 꼭 가보고 싶다고 갈망했는데, 나만의 목표를 세운 뒤 첫 번째 하이킹을 소백산 국립공원에서 출발하게 되었다.

길이도 짧고 아직은 갈색으로 말라가는 갈대가 가득한, 흡사 민둥산의 모습인 소백산 능선을 따라 이어지는 등산로의 모습은 내가 가장 사랑하는 산 중 하나인 영남 알프스의 신불산과 비슷했다. 오랫동안 여행을 다니면서 망가져 버린 무릎 때문에 해발고도 1,400m가 넘는 산에 오르는 일이 만만치 않아 보였다. 단단히 마음을 먹고 조심해서 다녀와야겠다고 생각했다.

들어서는 입구에서부터 국립 공원 관리 차량이 많이 오르내렸다. 3킬로그램이 넘는 카메라를 손에 쥐고도 무리가 없는 평탄한 길이 이어져 참 순조로운 초입이라 느꼈다. 빼곡히 늘어선 잣나무에, 구름 가득한 흐릿한 날씨가 더해지니 더욱 신비로운 모습이었다. 계속해서 셔터를 눌러댔다. 계곡 곁으로 이어지는 등산로에서 물 흐르는 소리를 벗 삼아 천천히 걸으며 생각에 잠겼다. 편안하고 굴곡 없는 무난한 길이라, 우려했던 무릎의 통증은 나타나지 않았다. 사방이 높은 잣나무로 막힌 길을 한참 올랐다. 이 산의 꼭대기는 어떤 모습을 하고 있을까 궁금했다. 빨리 주위 전망을 둘러볼 수 있는 곳으로 가 능선의 모습, 주변의 경관과 아름다운 산세를 보고 싶었다.

하지만 약 2시간이 넘도록 완만한 구간을 걸으면서 감각한 것은 계곡 소리와 늘어선 잣나무의 모습뿐이었다. 산에 오른다기보다는 둘레길을 산책하는 느낌의 코스로 힘들지도 않고, 주위에 딱히 기억에 남을 만한 특별한 포인트도 없었다. 안전하고 무난했던 소백산. 너무도 손쉽게 엄청난 규모의 소백산맥을 볼 수 있는 뷰포인트에 올랐지만, 그 감동이 사실 길지만은 않았다.

그에 비해 치악산은 암릉 구간이 많은 산으로 유명하다. '악' 자가 들어가는 산은 '악 소리'가 나는 산이라고 하여 코스가 대부분 험난하고 악명 높은 산이라고 한다. 그래서 출발하기 전부터 잔뜩 긴장하며 만반의 준비를 했다. 역시나 예상한 대로 산세는 무척 험했고, 심지어 내가 오르려던 등산로는 낙석에 의해 폐쇄된 상황이었다. 어쩔 수 없이 피하고 싶었던 '사다리병창 길'로 트레킹을 시작하게 되었다. 지나가는 아저씨가 여기 계단이 3,500개라고 귀띔해 줄 땐 정말 큰일났구나 싶었다.

끝없는 계단길이 이어졌다. 정상까지 계속해서 올라야 할텐데, 출발과 동시에 약간의 두려움에 맥이 빠져버렸다. 이 코스는 험한 산세 때문에 데크 길을 만들어 놓은 것 같았다. 도저히 그냥 흙길을 밟아 오르기에는 무리가 있어보였고, 데크 계단 아래의 길은 한눈에 보아도 경사가 심하고 바위가 많아 위험해 보였다.

하지만 대단한 각오를 하고 올라왔던 만큼 충분히 경사를 견뎌낼 수 있었고, 힘든 만큼 조금 더 주위를 둘러보며 여유를 가지려고 노력했다. 오르락내리락하며 수많은 계단을 밟으니, 서서히 치악산 아래의 작은 마을들이 나무 사이로 보이기 시작했다. 중간 지점에 도착한 것이다. 그러나 아직도 정상까지는 까마득했다. 이미 지나쳐 온 산세를 돌아보니 들쭉날쭉한 것이 충분히 힘들었을 코스였구나 싶었다. 밟은 계단 수를 헤아리면서 오르다가, 몇 번이고 쉬어 가는 바람에 그새 잊어버렸다. 그때 보았던 치악산의 능선에는 푸르다 못해 파란 물감을 풀어놓은 것 같은 하늘이 잠시 지나던 구름과 함께 어우러져 엄청난 장관을 연출하고 있었다. '이 맛에 중독돼서 여길 오는 거지!' 데크 계단을 오르기 시작할 때의 두려움과 불평은 어느새 깨끗하게 지워져 있었다.

두 군데의 산에 오르면서 했던 생각을 정리해보자면, 길고 긴 나의 인생길 또한 이러한 모습이 아닐까 하는 생각이 든다. 이렇게 계속되는 굴곡을 넘기고, 또 넘어가며 차근차근 한발 한발 내가 추구하고 원하는 방향으로 가는 것이 아닐까? 비교적 평탄한 길을 만나 생각보다 순탄하게 지나기도 하고, 암벽이 많고 거친 길을 힘겹게 오르기도 하면서 결국에는 내가 원하는 봉우리로, 정상으로, 이상향으로 향하는 것이 아닐까 생각했다. 어떤 길이든 길의 험한 정도와 굴곡의 정도는 그저 내가 인생에서 만나는 수많은 길의 모습 중 하나이겠구나, 그래서 사람들은 이러한 산의 모습이 우리네 인생

길과 같다고 이야기를 하는 것이구나 싶었다.

지금까지는 굴곡 없이 안전하고 평탄하게 지날 수 있었던 소백산과 같은 삶을 살면서, 완만하게 보이는 길만을 택해서 올라왔다면, 앞으로는 치악산과 같은 험난한 여정이 있더라도 받아들이고 가기로 했다. 내가 선택할 수 없는 인생길이 예측할 수 없는 방향으로 펼쳐져 어려움이 닥치더라도 쉬이 휘둘리지 않고 더 이상 불안해하지 않기 위해서.

다듬어지지 않은 야생의 자연

'도전'이라는 것은 내 인생의 페이지에는 없는 제목이었다. 나는 평생을 특별한 이벤트 없이 그저 평범하고 무난한 삶을 살 것이라고 믿으며 살아왔다. 내 인생을 걸고 도전했던 다양한 여행들은 지금까지 살면서 걸어왔던 길과는 전혀 다른 세계로 나를 이끌었다. 여행을 자주 다니지도 않았지만, 여태껏 고수하던 여행 스타일을 완전히 버리고 자연으로 향하는 새로운 스타일의 여행을 찾게 된 것이다.

멋진 유적과 역사가 존재하는 박물관을 둘러보는 것보다 깎아지른 듯한 절벽과 산세를 보는 것이 더 좋았고, 편안한 숙소에서 먹는 맛있는 음식보다 아름드리 푸른 나무가 빼곡한 산을 배경으로 텐트 안에서 반합에 대충 비벼 먹는 건조 식량이 더 꿀맛이었다. 스스로 믿기 힘들었던 나의 갑작스럽고 엉뚱한 행보를 통해 나는 이 세상의 다양한 사람과 사건, 사고들을 겪게 되었다. '안전한 삶의 표본'이었던 내 삶에 새로운 샛길을 만들어 내고, 지금 막 그 길로 접어들었다. 그리고 새로운 산과 자연 곁에 조금 더 머무르게 되었다.

미국이나 키르기스스탄 등 사람의 손길이 많이 닿지 않은 방대한 야생 그대로의 자연을 여행하면서, 다듬어지지 않은 거친 자연의 모습이 지금 내가 인생에서 새로 들어서고 있는 그 샛길의 모습과 참 비슷하다는 생각이 들었다. 아직도 많은 부분이 불완전한 내 모습 같기도 했다. 누구에게나 처음은 쉽사리 접근하기 힘들고 예측하기 힘든, 거칠고 어두운 숲의 모습이지만 걷다 보면 누구나 그 사이로 작은 오솔길 하나를 발견해낸다. 다가오는 어려움을 겪어 내고 그 길을 조금 따라가다 보면, 자신이 가려는 곳으로 이어지는 전혀 색다른 길 또한 찾아낼 것이다.

나의 인생길도 마찬가지다. 인생에는 명확한 정답이 없기 때문에 늘 모호하고 아리송한 과정과 불완전한 선택의 연속이다. 그렇지만 분명 어디인가에 이상에 가까운 길이 있다. 예를 들어 어두컴컴하기만 한 숲속에 바람이 불어 나뭇잎 사이로 새어 들어오는 한없이 밝는 빛줄기들, 그 빛에 하염없이 반짝거리며 춤을 추는 초록빛 생명들. 그런 것이 나의 이상 아니었을까. 어둠 속에서 가슴이 탁 트이는 초록빛이 스며드는 순간이나 머릿밑으로 흐르는 뜨거운 땀을 식혀주는 시원한 바람을 경험한 뒤로, 가끔씩 척박한 상황

속 찬란했던 그때를 다시 경험하고 싶다. 어려움 안에서 작게나마 반짝이던 그 행복의 모습이 얼마나 큰 존재였는지 깨달았기 때문이다.

예측할 수 없는 상황은 산을 오르면서도 마찬가지이다. 어떤 날은 노란빛 황혼을 사냥하기 위해서, 또 어떤 날은 구름 한 점 없는 새파란 하늘을 품에 안고 싶어서, 또 어떨 땐 비 오는 촉촉한 안개가 가득한 산을 걷고 싶어서 산으로 향한다. 하지만 그날 만난 산은 내가 원하는 모습을 하고 있지 않은 경우가 다반사다. 원하는 모습의 산을 만나기 위해서 나름의 계획을 세워 산에 오르곤 하지만, 자주 변화하는 컨디션에 그 모습을 보기란 쉽지 않다. 예기치 못한 순간을 향한 나의 갈망은 나를 또다시 같은 산의 능선에 오르게 한다. 늘 같은 자리에 있는 산이니, 여유로운 마음으로 다시 한번 더 시도하면 된다. 여러 번의 시도 끝에 마주한 그 광경은 그렇게 꿀맛이 아닐 수 없다.

아직도 한참이나 남은 나의 인생에 더 깊은 고민을 할 날이 오리란 걸 알고 있다. 하지만 미처 계획을 세우지 못했다고 두려워하지 않을 것이다. 다시 한번 더 오르면 된다. 둘 중 하나의 길을 선택하지 못함에 대한 후회와 아쉬움이 아닌, 인생의 여러 오지선다 중에 그저 하나를 택한 것이고, 설령 그 선택이 더 나은 선택이 아니었다고 해도 그것 역시도 마땅히 존중받아야 하는 나의 인생이라 이야기하며 스스로 북돋아 줄 것이다. 이러한 긍정적인 생각의

힘이야말로 자신을 빛나게 하며, 누군가에게 초점이 맞춰진 인생을 살기보다, 조금 더 내 인생에 집중할 수 있게 할 것이다.

그렇게 자전거만 주구장창 타며 분명히 죽고 싶을 만큼 힘들었던 '까만 콩' 시절의 사진을 본다. 그 당시엔 내가 저런 티 없이 행복한 표정을 짓고 있었는지 전혀 알아채지 못했었다. 하루하루 버텨내듯 무작정 흘려보내기만 했던 여정의 사소했던 기분까지 기억하고 있다는 것은, 많은 것이 부족하게만 느껴졌던 그때 역시도 어김없이 역경을 잘 이겨냈었다는 증거가 아닐까 싶다.

지극히도 어려웠던 상황 속에서 발견해 낸 작게나마 반짝이던 그 행복이 얼마나 큰 존재인지 알기에 이제는 어려운 상황에 빠진다 해도 거리낌이 없다. 두려움이라는 내 감정에 솔직한 것도, 새로운 것에 호기심을 가지는 것도, 그렇게 진정한 나의 모습을 만나는 기회를 흘려보내지 않고 잡을 수 있는 것도, 모두 꽤 큰 용기가 있어야 한다는 걸 이제는 안다.

늘 한결같은 좋은 모습일 수만은 없지만, 자신에게만큼은 부끄럽고 싶지 않다. 남은 생은 유랑하듯이 살고자 한다. 가식 없는 진실한 내 마음으로 세상을 여행하듯 사는 그런 인생. 낭만적이지 않은가? 어쩌면 유치하다 생각할지도 모를 이야기이지만, 앞으로의 여행에서도 귀중한 나의 감정을 보다 오래도록 소중히 여기며 살아갈 것이다.

내 인생
첫 설악산

2020년 10월 15일 새벽 1시 30분. 산을 다니기 시작하면서 늘 마음에 그려왔던 설악산 정상에 올랐다. 스스로 충분한 용기를 가졌을 때, 그 어느 때보다 깨끗한 마음으로 오르고 싶었던 설악산의 최고봉, 대청봉이었다. 그토록 고대하며 올랐던 대청봉에서의 일출은 아쉽게도 혹독한 바람과 가득한 안개로 주황빛 아름다운 얼굴을 내주지 않았지만, 잊지 못할 다른 무수한 장면을 내 눈에 소중하게 담을 수 있었다.

나름 적지 않은 산을 다녔지만, 그동안 쉽사리 설악산에 오르지 못한 이유는 그곳을 오르기에 내가 너무 부족하다고 생각해왔기 때문이다. 체력도, 정신력도 말이다. 최선의 힘을 다한다 한들, 내 몸 멀쩡히 정상을 볼 수 있을까 하는 막연한 두려움이 있었다. 이 때문에 설악산 오르는 일에 스스로 무거운 의미를 부여했을지도 모른다.

지난여름에 지독히 말썽이던 무릎으로, 조금 이른 겨울에 대청봉에 올랐다. 두꺼운 패딩에 넥워머까지 두른 영락없는 피난민의 행색이었다. 추위가 두려워서 몸도 마음도 단단히 준비했다. 새벽 3시부터 오르기 시작한 오색 코스는 그동안의 두려움이 무색할 정도로, 그리 어려운 길은 아니었다. 많은 사람이 함께하는 일출 산행은 내가 생각했던 만큼 춥고, 외로운 산행이 아니었다. 오직 헤드 랜턴의 한 줄기 빛에 의존해 앞만 보며 어둠 속을 걷던 그 순간 나는 희미한 희망을 보게 되었다.

내가 가고 있는 인생길이 깜깜한 어둠으로 둘러싸여도 차근차근 나의 속도로 나아가면 되겠구나, 라는 희망 말이다. 명확히 보이지 않는 희미한 미래가 앞에 있어도 차근차근 나아가면 된다는 것을 깨달았다. 한 발짝 한 발짝, 설악산 정상으로 다가가는 발걸음처럼.

새벽 5시 20분경 대청봉에 도착했다. 쉼 없이 꾸준한 속도로 오른 덕에 출발한 지 약 2시간 20분 만에 오색 코스를 주파했다. 문득 포기하지 않은 나 자신이 대견했다. 미동 없는 칠흑 같은 하늘 아래, 정상석에 서서 안개 가득한 매서운 바람을 맞았다. 일출 보기는 틀렸구나 싶어, 지체하지 않고 서북 능선길로 향했다. 그곳에 막 도착했을 때, 대청봉 가득했던 운무가 막 떠오른 볕에 서서히 물러나기 시작했다. 운무는 방금 지나온 중청, 소청의 능선 어귀를 미끄러지듯 내려갔다. 그 모습이 신비롭기 그지없었다.

곧이어 눈 깜짝할 새에 완전히 걷혀버린 운무 뒤로 따사로운 볕이 가득했다. 거대한 공룡 능선 자락이 한눈에 들어왔다. 외설악의 엄청난 장관과 저 멀리 푸른 동해의 모습을 마주한 순간엔, 정말이지 눈물이 나지 않을 수 없었다. 가을 단풍과 나뭇가지마다 맺혀 있던 이슬이 일출과 함께 빛났다. 막 태양이 떠오른 풍경이었는데, 어쩐지 해 질 녘 노을의 따뜻한 모습마저 보이는 듯했다. 그 순간을 잊고 싶지 않아 끊임없이 셔터를 눌렀지만, 사진으로는 비슷하게조차 담을 수 없었다. 그 대신 눈에 담고, 마음에 새겼다.

하산길로 서북 능선인 중청, 한계령, 귀때기청봉을 지나 대승령으로 이어지는 긴 경로를 선택했다. 산을 오르는 내내 말썽이던 무릎이 결국 가동 시간을 다한 것인지 점점 찌릿거려 왔다. 어쩔 수 없이 5시간 정도 소요되는 서북 능선의 대승령 코스를 포기하고, 한계령과 귀때기청봉의 갈림길에서 하산을 선택했다. 내 몸 상태 하나 미리 파악하지 못하고, 완주 욕심만 앞섰던 모양이다. 산을 오를 때보다 하산길에 더 오랜 시간이 걸렸다. 첫 설악산 등반은 계획했던 코스를 완주하지 못해 아쉬움이 많이 남았지만, 마음 한 가득 많은 것을 담아 온 듯했다. 어렴풋하게 새겨진 것들을 속속들이 나열할 수는 없지만, 한 가지 확실한 것은 나도 모르게 생긴 자만을 떨쳐내고, 겸손을 새기면서 나 자신을 돌아보는 기회를 더 많이 갖게 되었다.

평범한 일상으로 돌아온 뒤, 나는 다시금 사회의 구성원으로 열심히 살아가고 있다. 여행을 다니며 도전하던, 꿈 같던 시간의 아련함이 종종 찾아오긴 하지만, 오늘도 열심히 사는 나에게 멋지다고 말해줘야지! 지금의 위치에서 지금의 사회를 경험하며 바쁘게 지내고 있다가, 또 다른 기회의 문이 나타났을 때는 더 이상 이전처럼 주저하지 않을 것이다. 언제든 또다시 꿈 같은 순간이 내게 다가올 것임을 믿어 의심치 않는다. 그 순간을 위해 열심히 오늘을 살 것이다. 이제 나는 행복한 상상을 하는 것만으로도 가슴이 설레는 사람이 되었다. 이제 나 자신을, 인생에서 가장 중요한 가치를 찾아낸 사람이라고 당당히 말할 수 있을 것 같다.

— 콧물 훌쩍거리며 있던
대청봉을 떠올리며

미지의 세계를 좋아합니다

거침없이 떠난 자연 여행

초판 1쇄 인쇄일 2023년 2월 17일
초판 1쇄 발행일 2023년 2월 24일

지은이 이은지
펴낸이 정은영
편집 전지영 박진홍
마케팅 유정래 한정우 전강산 심예원
제작 홍동근

펴낸곳 자음과모음
출판등록 2001년 11월 28일 제2001-000259호
주소 10881 경기도 파주시 회동길 325-20
전화 편집부 (02)324-2347, 경영지원부 (02)325-6047
팩스 편집부 (02)324-2348, 경영지원부 (02)2648-1311
이메일 munhak@jamobook.com

ISBN 978-89-544-4873-4 (03810)